舞台裏の熱演

木村 幸

創英社／三省堂書店

もくじ

『コンニチハ日本共和国』

夫の木村三山が死んでからずっと、強面《こわもて》の女房を演じつづけてきた。強面といってもいろいろあろうが、私の場合、彼の仕事の相当な部分を女房が支えてきた、ということである。嘘ではないが、大声張りあげて宣伝することでもない。それをあえてやっちゃったのは、私の秘めたるいやらしさ、ワルゆえである。

三山は私のことをよく、駄目な女、すなわち駄女とよんでいた。言い得て妙、つまらないところに才能がある男だった。ダジョでなく、ダメと読むのである。これもいいが、ほかに駄妻というのもあって、こちらは文字どおりダサイである。形容詞をつけると、ダサい駄妻となる。私は心中誇りをもって、ダセエダサイを任じていたのだが、こんなのも、年季が入った女のいやらしさであろう。

このいやらしさを、ますます発揮しなければ勤まらない舞台が回ってきて、以下は、私のいやらしさの物語である。

まずはじめに、三山の死後六カ月ごろ、群馬県前橋市で遺墨展がひらかれたことをあげておく。高崎市在住の井上房一郎氏の企画によってであった。氏は美術に造詣が深い。

遺墨展会場は、駅に近い小ギャラリーだった。画廊主の若い夫婦には、地方の文化の一端を担っているという熱意があり、気持のいい空間を創っていた。

私が訪れると、好青年のマスターが好意あふれる口調で、いい作品だから、県立近代美術館に一点買い上げてもらったらどうですか、井上さんに口添えを頼めばきっとうまくいきますから、と熱心にすすめてくれるのである。

しかしそのとき私にはすでに、悪だくみともいうべき、心に決めたことがあったので、

「いいえ。買い上げていただかなくてよろしいのです」

と答えて、親切なマスターの度胆を、まずぬいた。

死後六カ月というのが悪だくみの元だった。

死後六カ月、これは相続税申告の期限である。相続税は死後の大きな難関で、六カ月間、私は腐心したのだった。

もともと相続の財産の、というところからは程遠い暮しをしていたのである。世が世ならば、旧税制でも、基礎控除の範囲内でちゃんとおさまる程度だった。それが、中曽根政権末期あたりから、自宅のある千葉市の埋立地が、あれよあれよと口を開けている間に、天井しらず鰻のぼりの値上がりをしてしまった。

オイルショック当時、一千万ちょっとだった住宅付土地が、ある日突然四千万円で取引きされるようになり、同じ土地が二カ月後には六千万になり、半年後には一億の大台に

のった。おまけに買い取った業者が、二倍の二億数千万で売りに出したら、驚くなかれ、即座に売れてしまったのである。

それはもう、この辺の土地の値があがって嬉しいだの、活気があって景気がいいの、というところを通りこして、空おそろしい状況であった。住民は総毛立つおもいで、ただ顔を見あわせるほかなかった。

当然、公示価格も固定資産税もあがったのだが、税務署の路線価の方も付合いよく、しっかりと、急角度の上昇ラインを描いてくれたのである。

突然亭主に死なれて、相続財産といったら土地っきゃない私は、大恐慌におちいった。土地があるだけ贅沢な話だが、無理に無理をしてこのスペースを確保したからこそ、三山は誰に憚ることなく、安心して書作できるようになったのだ。彼の作品のほとんどは、ここで書いたのであるし、現代書詩なる方法も、腰を落ち着けたからこそ結実したのである。いうならば、この家の、このアトリエがなければ、木村三山も現代書詩も存在しなかったわけで、従って、この文章も生まれなかったということになる。

再び土地に戻るが、なんといっても政策がわるい。この土地は東京湾の埋立地で、山育ちの三山は自嘲して、わが家を砂上庵と称したくらいだ。土地譲渡権利書には、昭和何十年まで公用海面、とどうどう明記してあるほど、由緒正しき水漬く土地である。一たび大地震おこれば、流砂現象、大津波、近ごろは千葉港から成田空港へのパイプラインまで敷かれてしまって、こいつが大爆発すれば、災害の規模はどれほどになるのか予測もつかないという、鳴物入りの危険地帯なのだ。私たち夫婦は、第二次大戦の空襲の生き残りだから、覚悟も決まって、広さと引換えに住もうという気になった。それだって大変な買物で、ローンのために徹底的に切り詰めた。近所の人も似たようなものだったらしい。連休でも、軒なみ外出しないのである。いやできなかったのだ。みんな地味に地道に暮していた。

こういう欠陥商品だからこそ、よそに比べれば割安だったのである。だからこの地は、住民のために、安価のままスライドしなければいけなかった。それがほんとうの民主主義ということであろう。

なのに、この国の政策は、人間よりも経済発展を重視するヘンなところがある。県や市は国の出先機関なのか、ボスにヨイショがお得意である。発展すればぽっぽも潤うってんで、ここいら一帯、ウォーターフロントとかいうシャレた名前で開発してしまった。庶民というのは、大体いつの時代も見通しがきかなくて、ぼうっとしているもので、気がついたら、えらいことになっていたのである。

そんなわけで、わが家の相続税は、基礎控除を超え、各種控除も及ばずにはみ出してしまった。それでも配偶者がほとんど相続したから最低におさえられたので、もし子どもに二分の一渡していれば、さらに何倍か納めなければならなかった。

消費税と抱き合せの新税法が可決される三カ月前である。翌年、新税制はさかのぼって適用されることになるのだが、当時は通るかどうかさえわからなかった。

いつも相談していた相棒、すなわち夫は、いまや被相続人、つまり書類の上でも、れっきとした死人だった。

このとき、この哀れな未亡人に手を差しのべ、なんじゃかんじゃ相談にのってくれた友人がいた。期待されて失望させるのもなんだから、はじめに断っておくが、女である。これがたまたま、三山の作品集の、作品の写真を見て、腰をぬかした。いや、ぬけそう、と言ったのだった。

「なんせ、あたしがよくなっちゃったんだからさあ、こりゃあ大変な遺産だよ」

遺産といわれて、敏感になっていた私はいきりたった。なんでこれが金銭的財産になるんだ。

この人は、頭はいいが少し調子はずれなのである。

「文化的にはね」

私は一呼吸おいて受けた。

「腰ぬかすほどいいんなら、買う?」

彼女はしまったという表情で、ヘラヘラ笑い、

「やめとく」

即座にあっさり言った。

彼女だけじゃない。みんなそうだった。

三山が作品を発表すると何人かは必ず、感動しました、これ欲しいです、と言う。よかったお買上げだと、赤いピンを出してくると、あいまいに微笑み、消えてしまうのである。

熱烈に話しかけてくる人もいる。作品を見て心が湧きたつのか、誰も彼も熱くなってくる。ほかの人のとぜんぜん違います。ビンビン響いてくるのなぜですか。そりゃあぼくのは本ものですから。心と直結した表現ですから。傑作なんです。買ってください。買うべきですよ。強引におしまくられて、相手は頬を紅潮させたまま「はあそのうちに」熱っぽく答える。

三山は期待して待つのである。あれは外交辞令でしょう、と言っても承知しない。策略のできないタチだから、ひともそうなのだと思いこんでいる。

「そのうちに」の人たちは、相手が死んでくれて、呪縛から逃れたおもいであろう。気持はわかる気がする。

なんたって、作者が死んで、作品はこれ以上できない、とわかっていても、人というのは、買わないいですんだああよかった、と胸をなでおろすものなのである。それというのも、木村三山の作品は、商品価値がゼロだからだ。

ゼロが明白であるにもかかわらず、金銭的に財産とみなされるのは、困る。おおいに迷惑だ。そうでなくてさえ、四苦八苦しているのだ。

よし。ただで手離そう。まとめて、きれいに、寄贈してしまおう。なら文句あるまい。

と、まあこれが推進力である。

きれいな動機とはいえない。

もうひとつは、女房として亭主がいとしくてしょうがなかったことである。いとしき亭主は、世間からないがしろにされつづけて死んでしまったのだ。バカヤロてめえ、せめて分身の作品だけでも認めろい、というわたくし事の憤りも心の底にある。

どうもキレイじゃないのだ。

ただ私は、数年前から、彼の作品は後世に残る、と確信するようになっていた。私情はからんでない。どう辛辣な眼で見ても、作品はかおり高くなっている。

だから死なれてまず、それこそ霊安室で呆然自失していたときから、なにがあっても作品は保存せねば、と覚悟したのだった。保存も何百年単位でなければ意味がない、と考えるようになったのはもう少したってからである。

それだって、はじめは、三山のものは何世紀たっても新しくて、人の心をゆさぶるからだという、漠然とした夢物語にすぎなかった。具体的に、現物をどう保存するか、というのではなかった。

実際は、物理的にいい状態で保存することが問題だったのである。残ってさえいれば、評価は後の世の人がくだしてくれる。後年どんなに、木村三山という書作家がいた、彼の現代書詩という方法は不滅だ、とことばで伝えられても、ブツが残っていなければ考証の仕様もないのだ。

こういうもっとも重要な現実問題が、私の低次元な私憤私情から出たおもいつきで、第一歩を踏み出しはじめたのである。

寄贈するといえば、行き先は美術館とおおむね決まっていて、それも公的機関が運営しているところならば、潰れる心配はまずないし、保存という点で万全である。

じゃあ、どこに寄贈しよう。

千葉は駄目。三山を認めていない。

三山の出生地、群馬は？

彼を追い出した故郷ではないか、とのおもいが、火花を散らすように閃いた。しかし三山にとって、ここよりほかにない。

ここまできてはじめて、遺墨展を企画した井上房一郎氏は、群馬県立近代美術館設立に尽力した人だ、というふうに、私のなかでつながった。

セザンヌ研究で知られる井上氏は、十年くらい前から三山を認めてくれていたのである。月刊『現代書詩』の客員でもある。だからこそ遺墨展を、はやばやとひらいてくれたのだ。

こいつあ、占子《しめこ》の兎じゃあないか、と私は一人呟いた。あんまりいい具合につながったので、ありきたりの表現では追いつかなかった。

三山は、故郷群馬から追われて上京したのに、心中は望郷やみがたく、想いは渦を巻いていたのである。群馬の近代美術館に入ることは、彼にとってひとつの目標だった筈だ。

というのは、先人の大沢竹胎の作品が死後四散して、この美術館に収められなくなったことを、彼は非常な怒りをもって、一文に残しているからである。その文章の底には、近代美術館へのおもいいれが、憧れが、意外なほど色濃く流れていた。

だから、ここに作品を収めれば、彼は喜ぶ。きっと喜ぶ。おらが牝はやるのう、と叫んで、いつものように私の頭をこずき、ジャブを打ち込み、内掛けでひっくりかえすだろう。二人の手足がこんがらがり、あはあは笑いながらほどきにかかると、狂喜は次第におだやかなよろこびに変わり——。

そんなわけで、私は、前橋の画廊のマスターに、

「一点買上げ、なんてケチなことではなくて、わたくしは、まとめて寄贈したいと思っています」

悪だくみを明かしたのである。

すると不思議なことに、マスターも、そこに一緒にいたマスターの友人らしい男性も、同じように薄く笑って、黙ってしまった。重たくて長い沈黙がきた。

なにか私は変なことを言ってしまったのだろうか。せっかくマスターが、いろいろ考えて手を打とうとしているところへ、おまえはひっこんどれ、と制した形になったのかもし

れなかった。

と表に、ロールスロイスだかリンカーンだか、バカでかい外車が音もなく停まり、やがて、黒っぽいお召しの羽織の男性が橋がかりに懸かる能役者のように入ってきた。足の運びもそうだが、上体も顔も目玉も動かさないのである。どことなく並の人物でない感じだ。年とった俳優のようでもある。俳優は常に自分を剝《む》いているせいか、人に見られるせいか、顔がこざっぱりしている。いつも洗いたてでもある。そういう綺麗さが、この人にはあった。

マスターともう一人の男性は、それまで大きな身体《からだ》の長い脚をもてあまして、大股びらきで腰をかけていたのだが、バネじかけのように跳び上がった。そして、私が坐りこんだまま、羽織の主の、スペリとした能面のように動かない顔を、じっとみつめつづけているのに気づくと、やけに慌てて、バタバタ駈けまわりながら、カイチョー、カイチョーです、と耳打ちしてくれるのだった。

井上氏は、井上工業という建設会社の会長なのであった。経済界の重鎮である。

重鎮というのはスゴイもので、もっと後になってからだが、

「あなたネー、日銀の総裁と懇意だったらネー、木村三山のことネー、話しといてくれない」

と簡単に言うのである。底辺うろちょろの私に向かってである。よろけるほかない。井上氏とわかって、私は立って挨拶をしたが、その頃になると、画廊の中の空気は、ビシピシと音がするほど張りつめてきた。

氏は若く見えるが、八十代か九十代前半というところらしい。

こわそうでいながら、どことなく当りが柔らかい。

「あのネー」

ネーを強く発音して、

「こういうのネ、どうすれば書けるの？」

と訊く。

それは役者に向かって、どうすればそんなに色っぽく魅力的に演れるの？ というのと同じ響きがあって、氏が三山の芸術に惚れている、それを愛《め》でている、という様子が偲ばれるのであった。ずずっとのめりこまずにはいられない業のようなもので、三山に共鳴しているのであろう。それは、はたで見ているだけで、おののくような快感をおぼえることだった。

「臨書、つまり書のデッサンですが、それと、感覚を磨くことを心掛けておりました」

「ああ感覚。それが一番大切なことだネエ」

一発で通じて、私は猛烈うれしくなった。

井上氏は、自然にごく当り前にしているらしい。それでいて、空気の色まで変わってしまうような雰囲気があった。

ずっとあとになって知ったのだが、近代美術館設立に尽力した氏は、美術館の名誉顧問だった。

寄贈の件を持ち出したとき、氏はちゃんと膝に手をおいて、

「ぼくが口きいてあげれば話はすすむけどネー、あのネー」

とまた、ネー、と強く伸ばした。

「大沢雅休もぼくが口きいて十八点入れたんだけどネ、それより少なくちゃ困るんだけどネー」

十八点なんて、少ねえ少ねえ。

「いくらでもございます」

ほんとだよ、あるんだよ。

話しているうちに、氏はなんとなくにこにこしているらしい様子になった。実のところ

表情だけでは、にこにこなんだか仏頂面なんだかわからないのだが、感じが、である。私はその感じにひたって、すっかり寛いでしまった。氏も、当然のことながら、寛いでいるようだ。

こんなにも物柔らかで、不思議な色気の持主であるのに、氏が椅子に腰をおろすときや車に乗りこむとき、羽織の裾をたくしあげるのに衿先をつかむ、そのつかみ方が、握りしめるというほど強いのである。ぎゅっとつかんで前に引っぱるのだ。腰をおろし終わってもまだ、しばらくの間、引っぱっている。手の甲の静脈がうねりうねって、相当力を入れているのがよくわかる。偏執ともいえるほどだ。おそらく、経済界で名を成すのも、あの力強さなのだろうし、芸術や文化によせる並並ならぬ情熱も、あの執拗な片意地によってであるのだろう。

氏の周辺に妖しい色気がただようのは、こういう激しさを秘めているせいか、とも思えた。

それにしても、氏に遇えたのは、思いがけない僥倖であった。数日すると、美術館に話をしたという連絡が、早速きた。参考までに三山の作品集も渡したとのことで、私も資料として、三山編集の月刊誌『現代書詩』と、出たばかりの『月光』3＝三山特集号を、美術館に急遽《きゅうきょ》送った。

美術館からは、作品を見に、近近人が来るそうである。

近近というので、連絡を待った。大袈裟にいえば寝食を忘れて待っていた。

ついに痺れをきらした井上氏から催促がいったようで、美術館から「井上さんに、まだかと言われましたが、まだです」という、文言だけはよくわかる電話がきた。が、まだの意味がはっきりしないので、私は次第に不安になった。

木村三山は無名で、公の賞も取っていない。先方はきっと二の足をふんでいるのだ。

こう考えることは心地よいものではなかった。いくらこういう扱われ方に馴れているとはいえ、こころは決して承服していなかったのである。

そうこう悩むうち、やっと日が決まった。

当日は雨もよいの寒い日で、私は緊張のあまり熱が出そうになっていた。胸が重苦しく、鼻の奥も痛むので、鼻を洗った。これをやると、少しは症状が軽くなるのである。

とたんにチャイムが鳴った。鼻に入れた水は出しきってないが、出している暇はない。待ちに待った客なのである。

招じ入れて、

「木村三山の家内でございます」

鄭重《ていちょう》に手をついたら、鼻から畳に、ざあっと水がこぼれ出た。

客は二人で、どちらも名刺には学芸員とある。

ほっとした。専門家が鑑定にきてくれたのだ。見る眼のある人には、三山の真価はすぐわかる。カメラやメジャーも用意していて、本格的に調査してくれる構えだ。

三山は、大きい個展だけでも、十四年間に二十三回やって、そのそれぞれにテーマがあった。テーマを重んじて、一回分をそっくり寄贈するか、それとも各年代からいくつかずつにするかで迷ったが、待つ間の二カ月で心が決まった。生涯を網羅する意味で、各年代から選んでいくつもりである。

初期の作品は、ほとんどがパネル形式か、木枠仕立てである。ガラスははまっていない。貼りつけたままで、仕上がっている。軽いのはいいが嵩ばるのである。一作が襖一枚分くらいの大きさで、それの二枚つづき、つまり二曲というのもある。

一方、ガラス入りの額は、毎回中身を入れかえて活用していたから、一部を除いて、肝心の中の作品は、どこに蔵《しま》いこんだのか探し出せなかった。

くるくる巻けば収まる軸仕立ては、初期にはほとんどない。

軸が多くなったのは晩年である。パネルや額があまりにも場所をとって、収納できなくなったからだ。それでも彼は強引に従来どおり発注しようとしたのを、私が押しとどめて、いや泣き喚いたのが本当だった、そうして軸に変更してしまった。

三山が軸を避けたのは、古めかしく仕立てあがると思いこんでいたからだが、

「なんのためにアタシがついているんダ」

私は軸を洋間に合うようアレンジして、注文できると思った。しかし相手は、古い感覚の表具屋だった。はじめのうちは、この楚々たる嫋女《たおやめ》が、誰も言ってくれないから自分で言うのだが、表具屋相手に渡りあって、送り返しのやり直しが続出した。

それでも注文どおりにはあがらず、イメージから遠いものになってしまうお粗末であった。表具屋こそ災難である。教えこまれた価値観を一気にひっくりかえす変な注文主があらわれて、なにをどう仕立てていいやら皆目見当もつかず、仕事やって損したのではなかったろうか。

後で訊くと、金に糸目をつけなければ、現代センスの業者をつかまえられるのだそうである。だがそれでは、どうしても業者よりの感覚の型にはまりやすいし、第一高価というのが気にくわない。どんなに廉い表具でも、墨の色と紙と内容と書き方と、つまり丸ごと

全体にキモノを合わせれば、見映えするものである。なにしろ発表の作品数が多い。一回三十点以上、年に三回やるときもある。食費削ってやるのだ、経費は最低におさえなくてはならなかった。こうなりゃ、金とセンスの闘いである。なにかと制限があるからこそ、こころは自由に羽搏けるのである。

さて、美術館の学芸員を迎えて、彼の死後、まったく人を入れてないアトリエで、作品を披露する。

相手は美術館で、個人ではないから、私は、三山の真髄とする社会性のあるものを主に出した。

先方無言。

初期作品に会うのは、私も久しぶりだ。最近の作品を見馴れているせいか、下手に見える。表現の技術だけでなく、イメージが単彩なのである。晩年のもののように、複層でないのだ。そこでつい、

「単調ですねぇ」

なんぞと呟いてしまう。先方はなんだと思っただろう。本気で寄贈する気があるのか、人よびつけて暇つぶししてんのか、と疑ったかもしれない。

それにひるんじゃいけないので、なんたって三山の代弁をするのだから、各種とりそろえて、全容を見せなければ話にならない。

公募展でみかけるようなデカイ漢字だって、凄いのあるんダゾとばかり、巨大なやつをひろげる。巨大すぎて表具なし。借表具だったらしい。今は裏打ちだけして、まるめてある。十四畳のスペースでも全部ひろげきれないほど大きいので、猫の欠伸みたいに、まず上の半分、つぎは下半身とわけて見せる。

無根樹、とある。枝葉も幹も脱落して、真実のみある存在という意味である（飯田利行編〈禅林名句辞典〉より）。

書を、家元制から解き放てと叫んで、書壇やジャーナリズムから総スカンされつづけてきた彼が、この古文に、どれほど想いをこめたろうか、と感じ入っているのはこっちだけで、先方はただ黙って、見るだけ。

表現の面白い、新しい解釈の古文、漢詩もいくつか。

しかし主体はやはり、問題意識が先行したものになる。こういう社会性の強い、暗い題材がつづくと、見るだけでヘトヘトになるのだ。そこで、

「ここらでひとつ、お口直しを」

とところどころに、エッチものも混ぜる。エッチものとは私だけのことばで、エロティシズムが溢れているという意味である。むろん男と女、そして性が描かれている。が、それだけにとどまらず、深く人生や人のこころが埋めこまれ、内容と表現が一体となって、幻想の世界にまで高揚しているのである。色っぽいだけに、口当りもいい。

「男ガササヤク　ココニ寝ナイ?……」（木島始詩『だれもの秘事こそあどのうた』）

という書出しの屏風をひらいたら、相手は、不道徳なことに無理やり加担させられたような顔になった。なんだか雰囲気がまずくなってしまった。

「一九八六年は、新しい試みはあまりしておりません」

元気つけて、そのころの作品を出し、

「あっ、それでも完成度は高いですねっ」

つい叫ぶと、相手は、なにキイタふうな口きくかと、じっとこちらを注視するのである。なんとなく様子がおかしいのであった。

「画が専門でして、書はわかりませんから」

とくりかえし言う。

「書も美術のうちとお考えくださいませ」と言っても、頷いてくれない。ていよく逃げ腰の感じである。ヤバイなあ、と不安になった。

学芸員は二人とも紳士で、主として口をきく方は、地位も上らしく、なかなかハンサムな人だった。鬢《びん》に白いものが見える。スマートな脚をキチンと折って正座し、出したお茶にも形ばかりしか手をつけないのである。シマッタ淹れ方がザツだったかとはじめ思ったが、そのせいではなかった、仕事中の公務員は利害の絡む相手からは饗応を受けないという線を貫いたのであった。

もう一方の若い人は新婚だそうで、この人の式とハネムーンのために訪問が遅れた、との説明が最初にあった。ちょっと言訳めいて聞こえた。三山は無名だから、先方には当然ためらいがあったろう、調査の時間も、たっぷりあればあるほどよかった筈だ。

新婚の人は、比較的肉づきのよい体つきだが、それでもパンパンに張りつめたズボンを窮屈そうに折って、崩さないでいる。

私だって長いこと人間やっているのだから、こういう人人を知らないわけじゃない。でもどんな人でも、こちらの内幕をさらけ出せばなんらかの反応はあるのに、この場合、なにを見せ、語っても、向こうは心をひらいてくれないらしいのだ。

このままずっとこうでは、人間の根源にかかわる話題、三山を語るのにどうしても必要な点には触れないで終わってしまう。なんのために、この家に来てもらったのかわからなくなる。

わるいことに、ガラス額の縁に書かれた作品名を読みとろうと、何気なく前かがみになったら、鼻から、さっき出きらなかった残りの水が、どばっと、掌にあふれるほど出てしまった。作品をぬらすまいと、そのへんの手漉きの半紙で鼻をおおう。知らない人は、出たのが水とは思わない、当然洟だと決めているから、ほんとにこの女はなんじゃい、言うことのエラそうなことといい、洟水たらす無様といい、と思ったことだろう。

いくら井上氏の紹介といっても、美術館は、木村三山なるものをぜんぜん知らないのである。何度も言うが、無名である。つまり世間が評価していないということだ。世の動向の先をゆく芸術には、そういうことはままあるのでいいとしても、この目でしかと確かめねばのおもいであったろう。だが来てみれば、従来の書ではなく、いわゆる前衛書でもなく、画に近い文字性ともちがい、どちらかというと文学的で、絵画という観点からみても、どうにも判断の基準がないのであった。

ところが妻と名乗る女は、したり顔で、これにあたかも歴史的価値があるかの如く振舞うのだ。一体信憑性はあるのか。おまけに妻にしては妙に客観的である。

重ねて疑えば、たった一人で待っていたこの女は、本当に三山の妻か。誰かにちゃんと引きあわせてもらったわけではないのである。

第一、場所がわるい。さびれた埋立地の一角だ。あたりは不気味にシーンとしている。そこに棲む女の風体は、狐狸妖怪半魚人と見えないこともなく、どうも言動もおかしい、世間の常識からだいぶはずれている。

とんだくわせ者の騙《かた》りで、まやかし物をつかませ、収蔵させようとしているかもしれない。危い。命とりになる。こちらの鑑識能力が疑われる。とまあ、こう考えたとしてもおかしくはない。

私が相手の立場だったら、おそらくそのくらいは気を廻し、疑いを残しておく。そして少少、その妄想を娯しむだろう。

現実に戻って、——ストーブをつけないアトリエに、もう四時間以上いる。ストーブをつけないのは、ガスがとめられていたからではない。作品が多すぎて、据置きのストーブにも何点か立てかけてあったからである。

十一月も半ばすぎの夕方。もう外は暗い。急に寒くなった。咽喉がエラエラする。ハンサムなチーフらしい人も咳き込みはじめた。

小幅の軸ものは階下で見ることにした。

「お見せしたのはほんの一部です」

下のストーブを全開にして、私は言った。ガンガン温まってきた。

「内容が偏っているとお思いかもしれませんが、三山は案外と抒情性の強い作家なので、そういう内容のものだと、溶けこみすぎて消しあってしまうのです。ですから、本来ならぴったりくる筈のものは、はずしました」

大づかみながら全体が見えてきたのだろうか、やっと熱っぽく頷いてくれたのである。

全紙対幅で、四字のものをひろげた。襖二枚を占領する大きさである。一九八八年一月書、最後の大作だった。

これを書いたとき、三山にはもう腹水がたまっていた。二人とも、それが死に直結するものだとは知らなかった。

書きあげた同じもの三点を、私にわたすと、

「えらんで」

彼はソファに倒れこんだ。

一点は、広い会場に飾るには弱すぎた。あとの二点、濃墨と淡墨は同程度の出来であっ

た。濃墨の方が押しだしは立派で迫力があったが、対の左右が同じ形にまとまって面白くない。

「淡墨の方にするわ」

「いいよ」

彼はソファの中から、安堵したような声をあげた。

この漢字作品は、最後の個展のメインを飾った。会場に入った人は一様に「ほう」と声をあげた。うす墨の作品のまわりには、妖精の棲栖《すみか》のような靄《もや》がただよっていた、かに見えたのだった。

しかし体調がよければ、もっと冒険をしていただろう。長押に掛けながら、哀しかった。あと何十年も生きて、書きつづけていれば、これはもしかしたら蔵いこんだままだったかもしれない。

「うむ」

思わず洩れたらしい唸り声が背後から聞こえた。

帰りぎわチーフは、アトリエ口においた二メートルばかりの細長い木の刻字作品に目をとめ、手をあてて、興味深げにじっと見入った。〈生きた　殺した　畏れた　祓った

祀った　拝んだ〉という、自作の一行詩である。土俗的で、強烈な社会批判の作だ。

「わたくしの好きなものです」

すると彼は、胸に顎がつくほどふかく頷き、覗きこむように、いつまでも見た。甜めるように、下から上へ、また下へと、見るのだった。それは、かの井上氏が、「どうすればこういうの書けるの？」と問うたのに似通った、惚れぼれした様子さえ感じられた。

決定には年内一ぱいかかります、と言い残して、二人は去った。

見送りながら、もうどうにでもなれ、という気と、ほんとうに見せなくちゃいけないものは出さないで、どうでもいいものばかり見せたのではないか、という後悔とが交錯した。もっと傑作がある筈だ、もっと、もっと。

これまで私は、三山をフォローする役だったから、表に立ったことはなかった。それに大ていのことは二人でやってきて、一人が忘れても、片方が覚えていた。それが、今は一人だけで、企画し、決定し、動くのだった。手抜きだらけ。相談相手は死んじゃったのだ。

ふと、この日の朝、一瞬チカッと光るものがアトリエに入ったことを思い出した。

彼は形こそなくなったが、いつも、電灯をゆらしたり、写真立てごと倒れてみせたり、私の衿をひっぱったりしている。ピシッ、パタンッと音をたて、信号を送ってくる。

そうか。彼は心配で、アトリエに来て立ち会っていたのに、肉体がないものだから、なにも発言できず、手も出せず――、結局あたし一人ではいたらなすぎたなあと、身を噛むおもいばかりが残るのだった。

年の瀬が迫ってきた。

年内決定の、年内とは、三月の年度末という意味だったのかとも思い、あるいはこのままうやむやに、なにもなかったかのように終わることもあるかと覚悟した。

なんたって木村三山は異にして端、うっかり取りあげては保守的な行政機関に傷がつく、と美術館がぐずぐずと遅らせていることは、充分考えられるのである。

これは私にとって辛いことで、だんだん眦《まなじり》が決してくるのが、自分でもわかる。

そのせいか、井上氏に経過報告した際、

「三山の作品は、必ず後世に残るものと、私は信じます」

と書いた。騎虎の勢いである。

ふざけて言うことはあっても、正面切ってこう書いたのは、はじめてだった。

生きているときの三山は、自分のやっていることは正しいと、主張するしかないから、強気で向う見ず、なりふりかまわず人にぶつかっていた。結果、随分と世間の嗤い者になっていたのである。私はそのたび逃げまわっていたものだが、もうそんなチョロいことしてられない。よし、そんなら女房も嗤い者になってやらあ。亭主ひとりを曝し者にはさせねえやい、コンチクショウ来るなら来やがれ、の気負いだった。

井上氏からはすぐに、この手紙を館側に見せて決定をうながすと、秘書を通じて連絡があった。その電話の、用件がすんでもまだ話の途切れない余韻から、私は漠然と、手応えを感じたのだった。

美術館から電話がきたのは、三月に入ってからである。

「もう駄目かと思っておりました」

案外らくらくと、こう応じられたのは、受話器をとったとたん、向こうが、頂戴したいものをいくつか選びました、と言ったからである。

ただし、それは随分少なかった。館では私にも考えてほしいといい、全体の数も十数点どまりと、私の心づもりよりだいぶ少ないのである。

ところが、十一月から三月まで、待ち時間が長すぎて、私はもうひとつ、追加するものを思いついてしまった。

この前見せたものが、ほんとうに三山の代表作であろうかとの不安がつのって、では彼を表すのにもっともふさわしいものは、と考えた挙句、先だっては見せなかった、数十枚で一組という作品群を、どうしても収めたくなっていたのである。いや、ぜひ収めなくてはいけなかった。

毎回テーマを決めて発表していた三山なのに、まるで後世そこここから見つかったみたいに、だらっと集大成としたのでは、あまりにも物足りない。並でありすぎる。

彼は弱くて愚かでだらしない男だったが、常識を上廻るものがあった。ふつうより、もうちょっとデカくて、めちゃくちゃなところだ。

もっと衝撃がいる。欲しい。

となれば、いかに怠惰な私といえども、ンニャロー、一発カマシテヤルウ、という気になろうってもんだ。

その作品群とは、木島始著『日本共和国初代大統領への手紙』という長い詩を、五十七作にまとめたものである。三山はそれを『コンニチハ日本共和国』と題して発表した。

三山自身の詩ではないが、彼の、反戦反権力の思想、反天皇制を伝えるのに、ふさわしいものであった。人間が人間としてあること、自由と平等を守りぬくために彼はやってきた。私は、三山が生涯闘いつづけた面を、きちっとした形で残しておきたいとねがったのである。

三山自身の詩にこしたことはないが、彼の詩はここまで整理されていない。それに自作詩はおもいいれが強く働きすぎて、内容と表現が同じように重なるから、かえって弱くなってしまうのである。自作自演の弱みといえよう。

また、ほかの一点ずつの作品では、一点で完結するため、反戦も反権力反天皇制も、観る方が、それぞれの好みや怖れで、表現の面白さに目を転じ、逃げることができるのである。ぼかせるのである。

先日学芸員に見せた分、野間宏、萩原朔太郎、松永伍一ほか、作家の詩文を書いたものは、どうしても原作者の知名度に、観客の目がくらんで、本来の意味がごまかされるということがあるのだ。活字でなくて、書になっているからである。それだけ、解釈も表現も多彩だということで、木村三山の絢爛《けんらん》を見るおもいだが、それはそれ、主張は主張である。

その点この『大統領』では、五十七点の組作品であるだけに、テーマはごまかしようもぼかしようもなく、観る人がいくら自分をいつわろうとしても、容赦せず、迫ってしまうのである。

木島始の詩の、乾いたともいえる要素が、ウエット三山と、うまい工合にずれ、またいい按配に噛みあったのであろう。魅力的な作品群となっていた。

難をいえば、すこしばかり荒削りである。一九八五年の作だが、翌年の萩原朔太郎に比べてである。朔太郎は、たしかに完成度は高い。が新しい試みが少ないので、どこか弱く、昂揚する力に欠けるのである。その点『大統領』は、荒削りで未完成な印象が、かえって人をひきつけるのだった。

もうひとつ加えたいとのぞんだ理由は、それまで文字ばかりで表現していた三山が、原型は字でありながら、一見字とは思えないものを混えて構成したからだった。イメージをつきつめていくとこうなるんだよ、と彼は私に言訳がましく言った。

「こういうの、好き。大好き。いい」

きっといいって言うと思ってたけど、という顔で、

「ねっ」

私をのぞきこむ彼の目は、嬉しそうに輝いていたのだった。

これは三山の分岐点となり、今後この方向へも進み得る可能性を示したのだったが、翌年とりあげた朔太郎では、ほんの少ししか試みてなく、次の八八年、死病をおしての制作のときはむろん使われなかった。だから『大統領』は、三山の制作史上で、字にこだわら

ない、貴重な作品となるのである。

また、五十七枚組ということは、ひとつひとつが独立していながら、ストーリーをもって一貫しており、革命、民主的な大統領、民主政策についていけない国民、そして私利をはかる人人、権力主義者から狙われて、共和国大統領は、「太陽ガ昇リキッタトキ　射タレタノダ　射タレタノダ」と一気に盛りあがっていくのである。

芝居をやっている友人が長い時間かけて、ひとつずつ観、丹念に読み、そして「こういう書って、演出と同じことやってるのね」と溜息ついた作品だ。

この劇的構成がいうならばエンターテインメントなのだ。そして画のような群衆には、いつかどこかで遇ったような実存感がある。

そして革命というもの。私はこれに憧れがある。多分三山もそうであったろう。それが達成され、国家として歩みだしたとき、すでに崩壊の芽を孕んでいるのが見えるようで、だから永遠に憧れるのかもしれない。

こういう、民衆の側に立つ大統領の出現が、民衆にとって早すぎたのであれば、この大統領は三山そのものである。彼は、家元制という天皇制に抗いつづけてきた。

はじめ、寄贈の品目に入れなかったのは、手離してしまうのがあまりに惜しかったからである。でも、だからこそ、これは収めなければいけないのだ。

そこで、館から決定の連絡がまだ来ないのを幸い、追加したい旨、そして作品の写真も送ることにした。

三月になって電話をかけてきたのが、『大統領』の資料を送ったチーフでなく、若手の新婚の方だったのがちょっとひっかかった。面倒な頼みが追加されたので、体よくかわそうという意図かもしれないのだ。

約束した当日、来宅したのは、心配したとおり新婚一人だった。

じゃあ、それはそれでいい。顔を見たとたん、臍《ほぞ》を固めた。

この人は、顔の面積の割に小さく整った目鼻立ちで、ついでに眼鏡も小さめだった。ハンサムチーフとは違うタイプの、やはり学究肌と見受けられた。二回目だから、来たときからにこにこしている。こうなりゃ、こっちも気楽にのびのびやれそうである。

先日はほとんどことばを交わさなかったが、あらためて向かいあうと、とても慇懃な話しぶりだった。少し太めの外貌にマッチして、ゆっくりことばが出てくる。吃音気味なのかとハラハラしたが、そうではなさそうだ。少しずつたぐり出されることばは、念入りに口の中で組み立てられるのであろう、そのまま書きつけても、充分文章として通用しそうだった。

「寄贈してくださるご好意」とか、「ご寄贈のお志有難く」とかが、話の枕に必ずついて、私はなんだかこそばゆくなった。何度も言うが、こちらはあくまでも「三山の作品を何百年もいい状態で保存してくださるから」で、先方の言うような、奇特な善行じゃないのだ。だから最後まで、お願いして収蔵していただくという態度は変えられない。へりくだったままでいきたい。

「わたくしどもは書がわかりませんので」

先日と同じで、この人もこう言う。

「そうでしょうね」

今さらお世辞を言ってもはじまらない。肯定するほかないのだ。もし書がわかったとしても、芸術であるかどうかを見抜く眼は、また別である。書ってやつは、それほど世俗の垢にまみれている。

「三山によく言ってたんですけど。三十年先を行くから世に容れられないのよ、って。でもいろいろ、こう様子見ますと、百年くらい先のようで。ですから、わからないっておっしゃるの、無理もありません」

とにかく大事なことだ、正確に言わなくてはいけない。とはいえ、随分無礼なことを言ったものである。

でも相手は性格のいい人らしく、艶のいい頬を赤らめ、誠意こめて「スミマセン」と謝る。

それに勇気を得て、

「三山が提唱していた現代書詩という考えは、書の原点なんです。文字は、情報を伝達したり記録したりするために生まれたのでしょう。当然、内容と表現は一致していた筈です。三山のは、内容に即した表現で、本来の理念を貫いている、いうなればこれは不滅なので、書はいずれこの方向に行くんじゃないでしょうか。ですけど、三山の影響を受けた人たちは、それぞれの好みに応じて、方法の部分しか継承しようとしません。とくに社会的な面、地球規模でものを考えることは避けている。何百年かたって、現代書詩の思想が脚光を浴びたとき、そういうものしかなくて、ナンダ、コンナ程度ノモノカ、って後の世の人に言われたんじゃ困るんです。そのためにも、理論だけじゃなくって、三山の作品そのものが、現物がね、残っていなくてはいけないんです」

日頃だらしのない私も、つい長広舌をふるう羽目となった。なんだかちっともへりくだってないみたいだが、揉み手でヨイショが謙譲とは限らない。とにかく言うべきことは、しっかり申し述べとかなくちゃあ。

彼は遮りも茶化しもせず、もちろん笑いもせず、ちゃんと最後まで話をきいてくれている。しかし。

三山の作品が、何百年かのちに価値が出る、と私は言っているのである。が先方は、近代美術館全館あげて、その点を危惧しているのだ、きっとそうだ。

三山のものはまぎれもなく芸術だ、と大語する妻が、一体どれくらいわかっているのか、ほんとうに大局的客観的に視る能力があるのか、という問題、そこを探るのは、美術館にとって大切なことであるにちがいない。なにしろこの「妻」なるもの、利いたふうな口の、賢《さか》しらな女なのだ。ゆえにどうもクサイのだ。——

電話では、美術館が第一候補として択り出した作品が、収蔵に適しているかどうかを見てほしいし、またほかにも推薦できるならば何点かをと、私に選択権を与えてくれてもいる。

がそれは表向きのことかも知れない。井上氏の顔を立てただけかもしれない。話次第では、ちゃらになることもあり得る。でき得る。

という顔を、向こうがしているように、私には見える。笑顔の下に、ばかに不安定なものを、訪ねてきた人は秘めているのである。

現に、なかなか用件に入らない。

私は肚《はら》をきめた。館の方でなにを選んだか心配だったし、『大統領』の件も持ち出さなければならないのだが、こうなりゃ待ちついでである。女房になった瞬間から待つ暮しが始まり、三十数年それに慣れている。漠然と考えたのは、こちらから先に言い出さないでおこう、ということだった。無理して事を進めることはない。向こうの出方を待つのであって、そうと決まれば、話すことはいっぱいある。

「日本では、美術には早くからアカデミズムがあって、従って対抗する前衛も出やすかったそうですが、演劇の方は歴史が新しくて、アカデミーもなく、そこで前衛が遅れたって話です」

なんていう受売りを、脈絡もなく、小当りにはじめてみる。先方も、私の眼力を探るのが目的なのかどうか、長期戦の構えになった。

「新しい美術だ、と言われてよく見せられますが」

彼は言う。

「わたくしどもは古いんでしょうね。基礎ができてないものは、どうしても認められないのです」

なんてくると、こっちはばかだから、それそれとノッちゃうのである。

「演劇の先生に、芸術家は最高の職人でなければならないって教わりました。基礎は重要ですよ。三山も」

三山も、とつながれば、もう行け行けえ、である。

「臨書っていう、書におけるデッサンですけど、一日四、五時間、欠かさずやってました。作品を仕上げるときは、気持作って、うあっと盛り上げてって書くので、無駄に何枚も消費しなかったようです」

目を輝かせて頷く彼は、どうもいける口らしいのだが、こっちも弾みがついているのだ、奸計を用いて、アンコと生クリームをはさんだカステラなんかを無理やりたべさせてしまって、

「この友川カズキ、ですが」

すぐ頭の上にかかっている馬の画を示した。三山がかねがね、「この馬、さちそっくりだ」と見るたび笑っていた、丸顔の馬である。

「この人自分じゃ基礎がないっていうんですけど、最近の個展みて、驚いちゃいました。画の奥のそのまた底から、作者の魂だかが、一直線に出てきているんです。この人のは、歌もエッセイもそうなので」

「羨ましい！」

彼はこころから羨ましそうに呟いたので私は、イケルと思った。どうやら、いい人が来てくれたようである。

「基礎がないとは言っても、回を追うごとに凄くなるっていうのは、それを逆手にとって、努力もし、磨いてもいるってことじゃないかしら」

だんだん彼との距離が縮まってくるようだ。彼の方もそう感じとったらしい。

「いつでしたか、帰りが二時になりまして、開けてくれないのです」

突然の主語ぬきで、なんのことだかわからないが、ああ新婚だったと、

「奥様が？」

「……それで困ってしまって」

「鍵は持っていらっしゃらなかったの？」

「チェーンがかけられてしまって」

ドアを蹴破ったのか、エレベーターの中で膝を抱いてさびしく朝を待ったのか、もう笑うほかないのである。けっこう三枚目らしいのだ。いや、三枚目になって盛りあげる才能があるらしい。

夫人に関しては、後日会ったときもまた話に出て、それはしゃべりたくてしょうがないからなのであろう。一種のノロケである。

「きのう館で夜桜見物に行きまして、みんなと別れたのが」

同席している美術館の、ほかの課の人たちに念を押す。

「一時、だった？」

「うん一時」

「で帰りましたのが三時、でして気がついたら」

となればもう話は決まっているから、あとは私が引き取ることになる。

「離婚よッ！　って？」

彼氏ににこにこと、

「耳元で罵っておりました」。

ほかの課の人は、若い男性たちだったが、その二人が呆れて、

「一時から三時までなにしてたの、一体？」

覚えがないのか、あっても言えないことなのか、答はなく、なんたっておかしなキャラクターなのである。

私は、まだ見ぬこの夫人の度胸のよさがおおいに気に入ったのだが、そういうことも計算に入れていたのかもしれない。

なかなかくわせ者の証拠に、やられ役専門でない面も見せてくれる。夫人は、ある種の花と同じ名だそうで、「彼女と花を見ながら、これも、うちのも、盛りをすぎたなあ、と顔をのぞいて申しまして」などと話す。「申しまして」のあとは呑みこんで、聞く側の想像にまかせるのだ。血の雨が降ったか、ラブシーンに移行したか、どちらを選ぶも聞き手の自由である。ただしその選び方いかんで、聞く人の能力ならびに、スケベ工度とその傾向が試されるという仕組みだ。

私のシッチャカメッチャカは、顔にも態度にも、また三山の女房としての生き方にもあらわれていると思うが、この人もまた、相当なはずれようであるらしい。もっとずっとあとになっての話だが、上司にこてんぱんに叱られました、とにこやかに語るのである。それは私の名前を、戸籍上の本名でなく書いてしまって、書類の作り直しをしたときだった。

私がのほほんとしていたからである。

またその後も、三山の件でいろいろととびまわってくれているときだった、

「井上さんから、僕ではミスキャストだというニュアンスの電話が入って」

何気なさそうにスッと洩らすのである。随分と傷つくことだったろうに、心に蔵いこまない。それも愚痴や泣き言ではなく、自分を戯画化して語っている。どうやら相当な大物であるらしい。

まあこれらは後日の話で、このときはそれほどはわからない。ただ、引き出せばいくらでも内容が出てきて、深い話も通じるし、適当にいい按配に省略してくれるから、クドくもなく、実に面白そうに会話を娯しむ様子なのに、流されないという、つまりこちらも安心して話のできる相手なのだった。

「彼が死んだとき」

私はちょっと話題を変えて、くだけた。

「ご近所からお香奠いただいたんで、お返し持っていったの。そしたら、あらあいやだわ、これからはもう、こんなことしないでね、って。だから、しないわよこの次はあたしが死ぬ時よ」

相手の笑いを確かめて、よし、はりきって、もういっちょ、と。

「とくにお手伝いしてくれた人たちがいるんです。でお礼にお食事を、って言ったら向こうは情熱的に、いいえいけません、うちも主人が死ねば手伝ってもらうんですから、なんて」

すると笑うことは笑ったが、にがく苦しそうなのである。そして、

「主人が死ねばだって。ひどいなあ」

と感情こめて呟いている。女房なんてチョチョイのチョイだ、とどうエラブッても、新婚は新婚、大甘なのである。そこで当方、やっぱノロケだぬはは、と何くわぬ顔で秘かに笑った。

そんなこんな、だいぶ打ちとけて、彼は鞄から週刊朝日を取り出し、山藤章二のページを開けた。

描かれていたマラソン姿の中曽根元首相のゼッケン、1003というのを、私は、千のうち三つしか真実を言わないという意味、嘘つきってことね、と解説したら、とっくにわかっていたろうに、おおっ、と面白がってくれた。

一体なんのために会談しているのか不明になりかけたころを見はからって、彼はやっと

リストを出した。

それを見たとたん、おぬしできるな、ともう少しで叫ぶところだった。

示されたリストは、非常にうまく選んであったのだ。あれほど雑多に見せた中から、よくぞここまで過不足なく見事に整理してくれた、と私は舌を巻き、こういう大づかみに切り捨てる作業は身内にはできないな、と悟ったのだった。

リストは、各年代から、さまざまな原作者で、しかも群馬に関係ふかいものを主とし、とくに三山の自作詩を多く取りあげてある。保守的な群馬にしては意外や意外、野間宏『青年の環』が一点入っていた。朔太郎の『軍隊』もあった。絵画的に完成度の高い作品を第一候補にあげているのは、近代美術館という性質上当然として、さらに驚いたのは、手法がだぶらないように考慮してあったことである。私が、これはどうも、と思ったものは、館の方でもはずしていた。私の眼も、三山に言わせると、絵画に傾きすぎているそうである。これが書家の眼を通したら、もし三山自身が選んだのなら、またちがったものになっていただろう。

が、まずはこのリストで、一定の枠組みはできたことになる。

最初来宅した、鬢《びん》に白いもののまじる寡黙なハンサムは、あの気難しげな物腰といい学芸課でもチーフに近い存在なのだろうが、どうやら大変な逸材であったらしい。

ただ、あの日饗応を断固拒否した人が中心になって選んだものらしく、エッチものはすべて除いてあった。

だがエロティシズムなくして、なんの芸術であろう。

「さんざんわたくしを悩ませた賜物なのに。これはずされたら、彼を野放しにしといた意味ないじゃない」

すると、さしもの大物三枚目も閉口したらしく、絶句して、居場所に困る様子であった。

さあ、いよいよ『大統領』である。真打である。

先日の手紙に書きましたように、と話しはじめると、「は?」とけげん顔。なぬ、伝わってない！　これはまずい展開になりそうだ。

仕方なく、日本共和国という架空の話の、演劇的書だ、とかいつまんで言い、

「作品には、現在《いま》がなければいけないのです」

焦っているから、急いでバックを固めた。

「映画や小説でも名作には必ず、社会的時代的背景が描かれているでしょう。つまり大事なのは、どう生きたかというそのことで、ただ巧緻だとか唯美なだけでは駄目だというわ

けです」

ここで私は、ピカソのゲルニカも、と言いかけて、あれは第一次大戦でしたね、といい加減な当てずっぽうを口走り、三枚目氏は、私の夙《つと》に有名な浅学を知らないから、まさかまさかの顔でおおいに狼狽して、いや第二次だったと思いますフランコなので、とズッコケながら訂正してくれるという、恥ずかしい一幕もあったのである。しかしそんなことでメゲてはいけないのだ。

一部をお見せしましょうと、軸を適当に持ってきて、表現の面白そうなのを択り出して長押にかけた。四、五点かけて座につくと、彼がポツンと、たった今思いついたかのように、言った。

「戦争にかりだされた人でも天皇絶対者がいるのです」

来た！

いきなり問題点に入ってしまった。

日本は侵略戦争の加害者で、昭和天皇は戦争犯罪の最高責任者である、私はぼそぼそ言った。大喪の日からいくらもたってなく、マスコミその他世の中は、不気味な統制をとって、右へならえしていた。

私は卑怯で臆病だから、同意見の人以外と、天皇や戦争の話はしたことがない。これは日本人として、自分にも還ってくる責任問題なのに、だ。

しかし、彼の誘い出しは巧みだった。

話の水を向けられなかったら、私のことだ、きっとうやむやのまま、なにも語らずに『大統領』を推していただろう。ほんとうは避けて通れることではなかったのだ。今までに見せた作品の製作意図を、より拡大させ、明確にしたのが『大統領』である。何度も言うが、だからこそ私は、これを推しているのである。

そこを、ごにょごにょとお茶をにごしたままにしておけば、私がなぜこうも強引に『大統領』を主張するのか、意味不明のまま、事は進行していったにちがいない。

彼は子どもの使いじゃなかった。そっぽむいて無駄口叩いていても、おさえるところは、ピチッとおさえていたのである。

空気は極度に緊張した。ナイフで切れるほどだ。彼もキッと目を据え、呼吸を停めている。

「明仁天皇には同世代意識というか、親近感がありまして」

戦争を小、中学生で体験した世代である。反戦の気持は当然あるはずだとのおもいがある。

彼は、黙ったまま。この件に関して決して発言していない。見事だった。私ってばかだな、と思う。しかし取消しはきかない。進むほかない。

「ただ立場ちがうんで、かれとは憲法はさんで対峙してる格好で」

それそれ、これでいこうと、

「憲法は国民が制定したもので、憲法の名宛人は統治者なんですって。天皇も含まれるそうですが、大臣、国会議員、それから裁判官などの公務員が、憲法をちゃんと護っているかどうか、国民には監視する義務があるんだそうです」

〈世界〉三月号で読んだばかりの、『天皇の国事行為に思う』高橋和之の文につなげた。

相手は瞬きもせず見開いたままの目を、眼鏡の大きさにまでひろげ、

「えっ、それ、知りませんでした」

とノッてきた。

「主権在民て、こういうことなんでしょう」

非常に為になるお話でしめくくることができたのはさいわいであった。

それでも、身辺を探られたような、居心地のわるさはある。

息をつこうと、ふとうしろを向くと、今掛けた『大統領』の一枚が目にとびこんだ。そ

れまで気がつかなかったが、曲がりくねった書体でくろぐろと、「戦争を命令したひとがそのまま退位もしない不思議」と大書してある。

そこで「あっ」と、納得したのだが、次いでそれが、目が引きつけられずにはいられないほど強い力で迫ってくるのに驚いて、今さらながら、この作品への愛惜の想いが増すのだった。

最終決定は数日中に、と彼は言った。まず私が選んで、その最終案を電話で伝え、それを館側がさらに検討して、決定するのである。もう、おふざけも洒落も通用しない、非常に厳しい段階に入ったわけである。

わずかに可笑しかったのは、これほど苛酷なハードルを残しているにもかかわらず、館に作品を運び込む日にちが、ガッチリと予定に組んであることだった。美術運送の都合だろうが、なんとなく「あんたガメツイのね」と言いたくなる。辛うじてこらえて、目をあげれば、かの三枚目も、身を揉んで大照れに照れているのだった。

最終案での私の仕事は、絵画的に偏りすぎている美術館リストに、文学的な要素を盛りこむことであった。好みとしてでなく、三山の代弁者として、現代書詩の解釈のためにである。

そこで洩れている方を調べてみて、はじめて愕然としたのだが、リストに長谷川龍生氏も福島泰樹氏も入っていなかった。両氏を、三山は精神的に恃《たの》みとしていて、龍生氏は月刊『現代書詩』の客員だったし、また泰樹氏には、三山が晩年、客員になってもらうことを切望していたのである。それを話し出さないうちに、当人も『現代書詩』もおしまいになったのだ。最後のページに名前を掲載させてもらうだけの客員、いやそれだからこそ大きな信頼関係にもとづいたものである筈だった。

あらためて、美術館が下見した、両氏原作の作品を念を入れて見直すと、どちらももうひとつ大きくなかった。力作もあるが、すでにリストに入っている自作詩とよく似ている。両氏と三山は多分、心情的に近すぎたのだ。制作する上での、心理的葛藤も少なかったのだろう。

龍生氏のは、まだある筈なので探しまわったが、みつからない。再度追求したいと口にしていたのを思い出す。

泰樹氏については、ほとんどが流廃木に書かれていて、かえすがえすも残念である。これはこれで意義があるが、書として十全に活かされているかというと、やはり不足なのだ。流廃木ではさらに奥、字の向こう側が出せないのである。三山もこれを思ってか、最後の個展では二、三作書いていた。これを入れるかどうか、私は最後まで迷ったあげく、やめた。見送ろうと思った。

断腸のおもいをふりきって、野間宏『青年の環』の別の章と、松永伍一の『反核』、それから民間伝承のうたのエッチものいくつかを押しこむことにする。

野間氏のものは、『暗い絵』も『真空地帯』も『狭山裁判』も、いくらでもある。しかし美術としての表現のもの、となると、案外少なかった。はじめて小説に取り組んだのだから、無理もなかったと言える。

それから私の勘で、いわゆる汚いものは避けた。汚いのも表現のひとつではある、しかし、「どんなに内容がプリミティブでも、表現はより磨きぬき、洗練されていなければいけない」という、若いころの師の教えが、まだ耳に残っている。相手はなんたって、美の殿堂、近代美術館だ。それも保守の色濃い、群馬県の管轄下のである。

どうしても入れたいものを押しこむためには、あまり乱暴なことはしない方が得策であろう。

そしてここ一番の大勝負は、やはり『大統領』であった。がこれは、枚数の多さといい、内容といい、障害が大きすぎるようだ。これを収めたいだなんて、私はまちがっていたのかもしれない、と弱気になる。美術的価値からいって、どうだろうか。これを発表したとき、人人はカサともコソとも音をたてなかった。いや、だからこそ、私は自分の眼を信じよう。大体、うしろから、ナンダカンダいう小うるさい三山は、もういないのである。自分の見たまま、好きなようにやれるのである。尻っぱしょりの勢いで駈け出すほかはない。今、わあっとやっちまわなければ、この先五十年たったってやれることじゃない。

火事場の馬鹿力である。

原作者の木島始氏とは、一両日たった夜更け、電話で話すことができた。氏は鬚の中の唇を、ゆったりと動かしているらしい静かな口調で、教えてくれる。

「寄贈を断られた例があります。やはり反天皇制の、画です。これは作品があまりにも汚かったせいもありますが」

どうやら事態は、楽観できそうにないらしい。

「もし断られたら、それはどうしてですかって、穏やかにおたずねになることですね」

そうか、と悟った。こちらも姿勢を問われるのだが、先方も、三山のなにを選ぶかで、芸術の真の理解者であるか、試されているのだ。歴史を見通す眼があるかどうかを問われているのだった。

ついに思い切って、ダイヤルをまわす。行けっ。足は崖をはなれた。あとは無事な着地を、祈るのみ。

しばらく待たされた。やがて、先日の大物三枚目が息せき切って出てきた。

追加するものを申します、と私は言った。

はじめにあげるものは、館が最初に選んだのと手法が似ているようだが、内容が異なるので、表現は三点三様まったくちがうのです、とまず序盤戦に、現代書詩のおさらいをもう一度する。

あとのエッチものは、ごたごた付け加えずにタイトルだけ並べ、それから一息ついて、

「大統領を」と言った。

「『大統領』は画期的な作品です。希少価値があります」

受話器をおくと、エイ、どうとでもなれ、だった。テキは、身も心も公務員なのだ。心が自由じゃないのだ。

と、電話が鳴った。

こんな大事なときに。美術館からいつ連絡があるかわからないときに！

相手が誰でも、ただちに話は打ち切ってしまおう、と荒荒しく受話器をとると、今かけ

たばかりの、学芸課のあの三枚目だった。例によってイントロが長い。スローである。その長丁場、心臓がもつかどうか、私は胸をおさえ、息を呑みつづけた。

「先ほどお電話いただきましたときは、会議中でございまして、ちょうどいいタイミングでございましたから、早速全員にはかりました。すぐ結論が出まして、二十二点頂戴することに決まりました。『大統領』は、組作品でございますから、一点と数えます。奥さまの決定どおりにさせていただきました」

この日、一周忌の二日前であった。

後日、野間宏氏は手紙を寄せてくれた。

「……群馬県立近代美術館、よく理解してくれたものだと思いました。……」

美術館は、世情よりも、永遠なるものの方を選んだのだ。

三枚目氏は、というと、やはり大物だった。ミスキャストでないことはむろんである。

遊びのエピローグ

「こちらには何時《なんじ》ごろいらっしゃいますか」

祥子《しょうこ》に、夫の主治医と名のる女性から電話が入ったのは、一九八八年一月末の午近くだった。その朝、夫は入院した。慢性肝炎である。祥子は夫を送ってすぐ銀座の画廊に出た。当の夫の、書の個展中であった。

何時ごろといきなり言われても、困る。電話の口調では差し迫った病状の変化ではなさそうだし、第一こちらはこちらの時間で動いているのだ。かの女は入口から目を離さない。誰が来て、どういう劇的展開になるか、それはわくわくするような期待だった。そらドアから瞳を輝かせた人が顔をのぞかせる。


夫、木山三郎。書家。

反骨、異端といわれつづけた。組織に属さないで発表するには個展しかなく、それも今回で二十数回になる。

ここに至るまでは、なかなか大変というか、面白いというか、波瀾《はらん》万丈であった。

まず第二次大戦で少年兵に志願した。志願しなければ非国民とそしられる土地柄である。

戦後は労働運動からレッド・パージで失職。アルバイトの傍ら詩を書くのだが、木山青年の詩はどうしてもスローガンになる。低迷のなか肺結核になり、ついでに肝臓も悪くして、ようやく辿りついたのが、書、だった。

「書はおれの最後の砦だったんだ」

いかに好きでも古臭い、いずれ趣味でと考えていたところ、同郷の書家、大沢雅休、竹胎兄弟の作品を知った。衝撃。眼が開かれた。これこそ書の革命ではないか。肝臓病と二人三脚でいけるかも。

「おれやる。ただし、別の路線でだ」

「わ、すてき。サブロだけの道ね」

告げられた祥子は若いとき芝居をやって挫折した。もともと芸事が好きな方だ。

ガキのころから字ばっかり書いていた、自慢するだけあって、かれはたちまち腕をあげた。各会派で先輩をごぼう抜き。ところがいざ発表となると、障害がおきた。系列の書風からはずれるのは許されないというのである。日展をはじめ公募展では、一眼でお手本そっくり、誰それの門下とわかることが絶対条件だった。漢字、かな、篆刻《てんこく》と各分野の師に基本を学んでも、門下として発表しないと決めた。古人や師の手本をなぞって何が創作だ。技巧で飾っただけの習字じゃないか。

「おれには書きたいことば、方法がある」

反戦を、人権を、反権力をうたったものを、書きたい。そのことばの意味を伝えられる表現で。それがおれの生きている証《あかし》だ。

三郎の決意は祥子にもよくわかった。夫が成長する過程と共に生きるなんて、最高。邪悪と闘うのも変なバイトより体裁いいわ。この妻、純真なのか見栄っ張りなのか――

が決意だけでは食べていけない。かれは書塾を開いた。まず集まったのは小学生。目の前で書いてみせる手本は、古典をふまえた本格派の上、宙を飛翔する伸びやかさがある。正しい基本に加えこの解放感も感覚的につかみとった少年少女たちは、各種コンクールで上位入賞を果たし、塾の評判は上がった。大人も少しずつ増えるのだが、さあこれでおさまる三郎ではない。声高に主張しはじめるのである。

「書を志すもの、目をふさいだまま手だけ動かしてはならない。芸をめざすなら、権力におもねるな。強欲な権力者に、恒常的に筆誅を加えるのも、重要な仕事のひとつである」

これでは体制べったりのふつうの人は怖がって逃げてしまう。その上かれが一匹狼で、日展や上部機関にパイプを持たないとわかると、ますます人はいなくなった。

それでも三郎は主張をやめない。天皇制に通じると家元制度も否定したから、これには書壇も怒り出した。総スカンである。

たまに、字に魅せられてと来る人も、門下傘下に入るのは、エー世間体が、と逃げてしまう。みな書壇でいい顔したい。なにしろ木山は言い方が悪い、もその理由になった。

かれは群馬の山奥育ち。風が荒くて、喧嘩腰でなければ会話ができない風土である。大人しく話しても、内容が内容ゆえ憎まれるのに、なお牙剥き喚きたてる。相手の足元めがけて拳銃ぶっぱなすようなもので、キャラクターからすれば能率的というか、最短距離で自分を売り込むには効果的かもしれない。おまけに頑丈な体躯、目鼻立ちの濃い容貌とあって、見た目も迫力充分である。

当然収入はどんどん減った。祥子が戦中戦後の貧しい時代に育ったので、節約しては何とか切り抜ける。それに支えられて、かれは乱暴なくらい荒削りに、表現の胸突き八丁を駈け上がった。鬼神の勢いである。

発表の場の、個展。テーマを変え、表現を変えて、つぎつぎ打ち出す。これは妻にとっても修羅場だ。「サブロは当人だから満足よね」祥子は高熱で倒れたりしながらも、若さと夫大事で乗り切ってゆく。はじめは誰も入らなくて、店番だけ。「客引きしてこいっ」三郎にどやされて、道行く人を誘いこんだりした。かの女は夫と見かけが正反対で、痩せ型のぼうっとした顔だから、人もつい同情してしまうのである。次第に支持者もファンも増え、個展といえば主として他分野、美術界などの人が入るようになってきている。

今回展の会場で、人はそれぞれに呟く。

「いつもみたいに噛みついてない。柔らかで、ほっとする」

それはかれの体におきた異変のせいもあるだろう。

この一カ月、三郎は苛立って当たり散らしてばかりいた。〈怒〉は肝臓病の特徴とわかっても、祥子には当然暗い日日である。それが頂点に達した四週間前、つまり一九八八年正月そうそうの夜半に、のたうちまわるほどの激しい腹痛がかれを襲った。痛みはすぐ治まったが、全身から生気が抜けた。頬は土気色に削げ、まるで幽鬼である。

それでも今回展の制作はつづく。気がつくと上腹部がポシェットでも入れたように膨らんでいる。なんだろう、二人顔を見あわせるばかりだ。

ああそれ腹水ですよ、訪ねてきた人が軽く言った。そんなの抜いて点滴すればすっとへこみますから。

作品を画廊に搬入して、かれはいつも検査を受ける診療所で超音波《エコー》CTを撮った。とたんに、大きい病院に行くよう指示された。抜いて点滴するのだ、という。

しかし病院の肝臓専門医は、腹水を抜きはじめてすぐ、「これはいかん」予期せぬことがあったように、針を引き抜いてしまった。毎年なに検査してたんだ、切羽つまった声が遠くで聞こえ、やがて戻った専門医は、入院です、簡単に告げた。ほかに選択の余地はない口ぶりである。

「今、個展中なのですが」

「関係ないです」

実に強引だった。

画廊にかけてきた電話の医師もまた、静かな声ながら、いやに強引である。

「早くいらしていただきたいのです」

「でも交代が」

相手は一息おいた。そして埒があかないとみたか、手短《てみじか》に、ゆっくり言った。

「肝臓癌です」

とたんに祥子の頭から、血が音もなく一どきに引いた。気が遠くなる。電話の声だけが呟くように聞こえた。

「それと、肝硬変……」

嘘だ。わざと嚇かしているのだ。肝臓検査のGOTはずっと七〇、正常より高いがそれほどではない。

かれは一九五〇年代半ばに肺結核に罹った。手術と安静の時代で、肋骨を取る整形手術が下火になり、肺切除がおこなわれるようになっていた。このとき右上葉二区域を切除したのである。もちろん輸血した。当時は献血でなく、売血である。食うために売られる血に良質はなく、十一年後肝炎を患う。すぐ慢性化して二十年。漢方薬や物理療法でここまできた。病気がちの祥子より、慢性肝炎の三郎のほうがずっとスタミナがあって、元気だった。

しかし輸血で伝染《うつ》ったC型肝炎は、忠実に任務を遂行していたのである。一九八八年時点、C型といわず、非A非B型、であるが実体は同じ。癌に進むタイプだ。ただそのことを、三郎も祥子も知らなかった。

受話器を力なく落とす。祥子はほとんど意識を失っていた。ただ人前であることがかの女を支えた。たしかに靴は毛足の長いじゅうたんを踏んでいる。体は立っている。なのに頭から足まで十メートルもある感じだ。入れかわり立ちかわり現れる観客に、真っ蒼な顔で微笑み、笑みは頬に凍りついていた。

交代して出た外は陽の明るい午後。しかし祥子のまわりだけ日蝕のように暗い。頭は箍《たが》で締めつけられている。脳貧血なのか鬱血しているのかわからない。どこを歩きどう地下鉄に乗ったか覚えないまま、病院に着いた。

階段を昇る。踊り場をまわると、大部屋のベッドにいる三郎が見えた。祥子をみとめて、嬉しそうに手を振った。

かれは病名を知らない。妻が早く帰って、ただ喜んでいた。

早くおいでと手招きする。

「奥さんこちらへ。早く」

白衣の小柄な若い女性がいつの間にか現れて、攫《さら》うように祥子をいざなった。眼に、さっきはどうも、という親しみが見える。

「肝臓の右葉の、ここところ、腫瘍です」

女性は主治医と改めて名のり、超音波《エコー》の小さい写真を見せた。たしかに膨らみがある。

腫瘍って、癌のこと？　それほど祥子は無知であった。

「こちらが左葉。肝硬変になっています」

「肝硬変て、なぜわかるのですか」

「表面がでこぼこだからです」

「でこぼこだと肝硬変なのですか」

「そうです」

「なぜですか」

対話は掛合いのようにとんとん進む。女医は年のわりに落ち着いた人柄らしい。しかもさらに冷静であろうと努めている風だ。感情を入れない、それがこの掛合いを妙にリズミカルにし、少しばかり滑稽にもしていた。

祥子の方は無意識に気持を抑えている。木山の妻だ、取り乱すまい。それは三郎の浮気のたび、心に言い聞かせたのと同じだった。今は気も遠くなっている。ことばは譫言《うわごと》のようにくり出されたのだ。「なぜですか」

「組織が疎らだからです」律儀な応《こた》え。

このお医者さん、どうしてこんなに断固たる言い方するんだろう。かれ、あたしの夫だよ。大事なサブロを、なんだい無機物みたいに。

「どうすればすぐ治りますか」

長い間《ま》があった。

「……もって、六カ月です」

なんだそれ。——えっ。

違う。かれは永遠に生きるのだ。

「肝不全がおこればもっと早い、でしょう。腹水は溶血して、ケチャップ色です」

「だってお腹《なか》が痛かったのついこないだ……」

「そのとき癌が破裂したと考えられます」

ついに均衡が破れた。

「助けて。おねがいです！　かれにはやらなきゃならない、仕事がありますす」

まるで関係のないことを口走っていた。

そのかの女も、この月のはじめ三郎の急な発作の唸り声を聞いて、夜半の深い眠りの奥の奥で一人納得したのである。

「ああこれで決着がつくのだ。さんざんあたしを苦しめたんだもの」

幾重もの眠りの層をはがしていくうち、そのおもいは跡かたもなく消えたのだが。

どうしてあんな自分勝手な男、人前で妻を罵倒したり、妻の前でよその女にちょっかい出す男に、これほど入れ揚げるのだろう。疑問を自分に向ける迷いもないまま、かの女は三十年以上かれと過ごした。いつも心を潤して。

「かれにはやらなきゃならない仕事がある」

確かにそのとおり、作品は香《かぐわ》しく花開きはじめたところだ。がそれは表向きのこと。かの女はただかれが欲しかったのである。

だってあたしの色男だもの。抱きあって眺めた夜明けの空。屋根裏のアパートに斜めに差しこむ夕陽の影。夫婦でありながら、どうしてこうも人目を忍ぶ場面が多いのだろう。うしろめたいような逢瀬の匂がいつもある。

涙があとからあとから噴きあげた。胸が痛み、呼吸が苦しくなって、かの女はようやく現実に戻った。長い時間がたったようだ。

医者は向こうを向いている。

この人は神じゃないのに。医者という職業の人に、あたしは一体何を訴えようとしていたのか。

ようやく我にかえった祥子に、医者は向き直った。その鼻の頭が赤い。眼鏡の奥の目がうるんでいる。医者は細い指でそっとカルテを引き寄せ、鼠蹊部から管を入れて肝臓の血管造影と塞栓《そくせん》術をします、ご同意を、と言った。

「この処置に失敗すれば、それきりということもあります」

祥子は生きた心地なく、呆然と三郎のベッドに戻った。

「あの先生ね美人だろ。専門は糖尿だよ。専門外でも女の方がいいだろうって、院長が」

三郎どことなく華やいでいる。

何を言っても蒼白で固い表情の妻を、かれはなんとか笑わせようとした。

「さっきねナースの問診あったんだ。ご自分を何だと思いますかって訊くから、ばかだと思うって答えたの。笑っちゃってさあ」

腕があるくせに世間と妥協しない三郎は確かに馬鹿だ。しかしその馬鹿に惚れてるあたしはもっと大馬鹿だ。心に呟いて祥子は目を伏せた。自分を何と思うかの問いは、自分が癌と知っていますか、だろう。

かれに病名は言えない、と思う。気が弱くて辛いことは直視できない質《たち》だ。祥子は今までかれに容赦なく現実を突きつけた。かれの生家では何かというと舐めあい慰めあうのだろうと、ちょっと残酷なよろこびもあった。かれがそのたび打ちひしがれながら立ち直ったのは、かの女が結局かれの側にいたからである。が告知は別。直視せよと命じるのか。

それでも身内には報《し》らせなければ、と祥子が電話した先は、一人息子、三郎の弟、自分の弟と三人である。男だけだ。

祥子は結婚以来、肉親から遠ざかっている。三郎が忙しくて、は口実。実際は三郎の言動が祥子の親兄弟の神経を逆撫でするからだった。おもいこみもあろうが、肉親だからこそわかるのである。一方三郎は自分の血縁は極端に守った。妻より実姉が大事と口を滑らせたので、祥子は長いこと夫の肉親を敵と見なして過ごした。そんなかの女に旧友は、「ああいうプリミティブな男は血だけが頼りなの。人間の原型みたいなんだから、惚れたが因果、ショーコは以て瞑すべしだよ」引導を渡したのだった。夫婦の水面下の闘いは十年余に及び、この数年ようやくかれは血の呪縛を解《と》き捨てた。おれはふるさとを讃えられなくなったと言い、作品も変わってきた。

かの女は電話で病名を伝え、

「他言しないでね。配偶者にも絶対よ！」

高びしゃに箝口令を敷いた。女たちが知れば必ずお別れに駈けつけてくるだろう。かれは不審がり、動揺する。ろくなことはないのだ。

「なんだよサブロウさんにも告知しないわけ？　失礼だろう仕事の予定だってあるのに」

祥子の弟がたちまち反発した。しかしこの弟も義弟も腹水には驚いたらしい。二日後の処置も失敗すれば命はない、そう伝えると受話器の向こうで声を呑む気配がした。

告知しない責任はすべて背負おう、祥子は決心した。サブロ許してね。徒党組まない三郎が孤独だったように、あたしもその覚悟だから。

二日後ついに塞栓術の朝がきた。

その日は個展の最終日で、作品の搬出もある。三郎の弟が代行することになった。

弟が朝病院に着いたとき、三郎は個室で、処置にそなえて腹水を取っている最中であった。はじめての抜きである。

「よお」

かれは横腹に針を刺したまま、目だけ弟に向け、元気な声を出した。

何気なく部屋に入りかけた弟は、瓶にしたたる液が血の色であるのに、まず度胆をぬかれたらしい。〈血〉は巨大な広口瓶の肩まである。彼は慌てて兄に目を移し、その聳え立つ腹に声を失って、入口に立ちすくんだ。

電話で容態を聞いていても、姿を目のあたりにしたのである。思わず、うっふ、声を洩らし、笑うようなあいまいな顔になった。そして祥子に土産の菓子折を押しつけると、

「おれもう会場行くから。作品見たいんで」

逃げるように消えた。

三郎が運ばれた放射線室前のベンチには祥子一人。やがて主治医も来た。

「外科の先生はこれやりたがってらして」

主治医はきちんと膝を揃えて坐った。

「木山さん暮にズボンを買われたそうですね。サイズがだいぶ大きくなってたとか。なぜそのとき腹水と気がつかなかったんですか」

そこまでしゃべったか。ちらと思う。

「フクスイなんてそんなの、名前だって知りませんでした」

それどころか、腹水が溜まればほんど助からないという常識すらない。医者が口惜しそうに言うので顔をあげると、相手の左の薬指の指輪が目に入った。

プラチナだ。ふうんこの人結婚してる。大切な人がいるんだ。——メタルフレームの眼鏡の硬さや、冷静な口のききようから、勝手に冷たい人と決めていた。しかしこの医者は最初の日、かの女に泣くだけ泣かせ、自分ももらい泣きしていたのである。

この日は朝からいろいろだった。

早朝、三郎は大部屋から個室に移された。これは大事件である。噂に聞く多額の個室代。

なにしろ作品は売れない、書塾は流行らないのである。

ナース主任を見かけて祥子は駈け寄った。

「あの、あのう、個室代はお幾らぐらい……」

「差額ベッド代ですか。いいえ頂きません」

忙しい主任は早口でそれだけ言うと、いなくなってしまった。

個室は瀕死の重病人という傍の目もあろうと、これも祥子は厭だった。それは早速あらわれた。三郎のキャスター付きの点滴スタンドを、固定式のと取り替えてくれと、ヘルパーが言ってきたのである。

「あっちの患者さんもう歩けるのよ。こちらどうせ寝たきりなんだし。よろしいでしょ」

露骨に顔を顰める祥子にかまわず、相手は慣れた動作で付け替えてしまった。

「ああとても検査なんて生やさしいもんじゃなかった」

二時間半後、ストレッチャーに乗ってかれが出てきた。往きとちがって、尿道に管を通され、尿袋をさげている。重病人の扱いだ。祥子ますます不愉快、思わず目をそらす。

その祥子の目を手でつかむように、三郎は息をつきつき矢継《やつ》ぎ早《ばや》に話しかける。話したくてたまらないらしい。一仕事の後だから。

「あのね、これやった外科の先生、背でかいの。いつか駅前でビラ配ってた」

この病院は代々木にある政党の系列である。差額ベット代をとらないのも、民医連だからだ。

「おれいつも、避《よ》けちゃってたけど、今度っからちゃんと受け取らなくちゃ。挨拶してさ」

今度から？　祥子は複雑なおもいで反芻する。梅雨のころ、全快したかれが軽快な足どりで駅の階段を下りてくる。ビラを配る背の高い外科医を見つけ、まっすぐ歩みよる。

「その節はどうも」

まわりの党員はかれにビラを渡しかけて止《や》め、笑みを含んだまなざし。黄昏の駅前は一面甘く重たいもも色に染まっているだろう。おもいがけず話しかけられた外科医は「は？」、自分が手がけた患者と気づかない。

すれちがいの幸せ。そうであればいい。かの女はいつも遠い希《のぞ》みばかりみつめて生きてきた。

空想は中断。主治医に呼ばれた。

「処置は成功しました」

医者は愁眉を開いたのであろう。大きい写真を示して「抗癌剤をこの方向から注入しました」にこやかに言った。祥子はむすっと押し黙る。抗癌剤は使ってほしくない。副作用がひどすぎる。しかし諒解なく使われた。

祥子の表情に、医者は口調を改めて検査結果を述べた。直接写真を撮って確認しただけに、前よりあいまいさのない厳しい通告となった。生命の残り時間も自信もって言う。

「二、三週間から、もって六カ月です」

つまり決定事項となったのである。

祥子の胸はまっくろな鉛の塊で塞がった。

翌日三郎はもう起き上がった。そして勢いよく昼食をぱくつき出した。

「どうだっ」

祥子に、でへっと笑ってみせる。三十年前に肺切除したとき、かれは二日後には起き上がって、二区域とった肺を驚くほどの短時日で元の大きさにし、見事に社会復帰したのである。

あれを再び、と考えているに違いない。祥子にはその単細胞ぶりが愚かしく、しかもいとおしく思える。

かの女は最後通告に猛烈腹を立てていた。医者にでなく、自分のおかれた状況にである。座して夫の死を待つのかあたしは。何か攻め口があるはずだ。そろそろ打開の途が——あるような気がする。曙光のような明るさが、気持のどこかに微かにある。あれは何？

そして、ついに思いだした。

丸山ワクチンだ。

日本医科大学の丸山千里博士のワクチンが認可されず、その苦難が報道されるたび、三郎は自分に重ねあわせてテレビに見入っていたのだった。

「丸山ワクチン？」

話をすると、医者は呟いて、黙った。机に片手をつき、いつまでも黙っている。

不許可？　祥子は大急ぎで次の手を考える。退院。が丸山ワクチンを受け入れてくれる医者の当てはない。

「賛成できません。あれには、期待できませんよ」

相手はようやく口を開く。苦しそうだ。

「駄目でもともとじゃないですか」

抗癌剤だの放射線だの、その方からだけ視《み》ていれば期待できないだろう。発想の転換がなければ。サブロはいつもそうやって道を拓いてきた。「駄目で」と口にするのはくやしいが、話を手っとり早く進めるにはこれしかない。「なんでもやってみたいんです」

ついに主治医は許可を絞り出した。

「イ、イ、デスヨ」

日本医大病院で、待望の丸山ワクチンつまりＳＳＭを手に入れ、地下鉄の乗換えももどかしく戻ると、医者はくぐもった声で聞いた。どうも歓迎されざる薬のようだ。

「なんて言って注射しましょうか。本人病名を知っていますか」

祥子は顔色を変えた。丸山ワクチンといえば癌、と誰でも知っている。医者は投与する薬名をその都度告げていたのか。良心的診療なるものに、こんな陥穽があったとは。

「そうですね、肝臓によく効くおくすりＳＳＭと、そう言っておきましょう」

医者は少し明るく言った。祥子もほっとし、大きな声になる。

「ハイッ。そうおねがいします治るまで」

「治るまで？」

医者は間髪を入れず聞き返し、キッと目を剥いた。

丸山ワクチンの説明会で、祥子に希望がわいてきたのだ。

「がんはそのうち恐ろしい病気ではなくなり、病名を患者に告げて、必ず治ると言えるようになるだろう」

解説用映画のラストの字幕である。絶望の固い壁が穿《うが》たれ、一条の光がさしたようであった。どっと涙が噴き出した。

丸山ワクチンは、自分の体内で生まれ育った癌が活動しなくなるよう、免疫力を高める、どうやらそういう傾向の薬らしい。かの女は大戦末期、医者がいない東京で大きくなって、人の体の自浄能力を見て知っている。

三郎が、自己の書の方向をみつけたのも、根本にあるのは〈自然〉だった。書とは本来情報や想いを伝えるためのもの。紙面だけ技巧で飾りたてるのは間違いだ。まっすぐ内容を伝えるからこそ、書き手の心が出て人を打つのだ、と。——丸山ワクチン、かれに合ってる。祥子手を叩くおもいである。

輪をかけたのは、会場の本の中にこの一行を見たからだ。

「がんは消滅することもある」

そう、肝臓はすぐれ物で再生力がある。癌さえ消えればこっちのもの。かれは切除した肺を元の大きさにまで膨らませた実績を持っている。祥子は敵をつかまえられると思った。

この夜、告知以来はじめて、お茶をゆっくり飲んだ。義弟の土産の菓子折も開けた。ついこの間まで毎晩こういう時間をもっていた。かの女はお茶好き、三郎は甘いものに目がない。八畳のダイニング・キッチンは、閉めきると白いケーキの箱の中にいるようになる。竪穴住居みたいで、妙に落ち着ける空間だ。外敵を避けて二人の仲をあたためる、至福の時をすごす穴ぐらなのだ。

「あのねおみやのお菓子、冷凍しといた。退院したら食べられるようにって」

安心してね必ず治るから、の意。三郎は「お、ありがと」まったく疑っていない。

少しずつ快方に向かってきた。抗癌剤の副作用らしい下痢もおさまり、尿道のカテーテルもはずされた。検査の数値も悪くない。

三郎はいつもの辺りはばからぬ大声を取り戻し、「お変りありませんか」と挨拶するナースに、「お変りないから困ってんだよ」威勢よくぶつけて、相手をのけぞらせている。

それは処置の刺戟から一時的に回復しただけだったのに、祥子には丸山ワクチンが効きはじめたかのように思えた。いつか必ず証拠がかれの体に、はっきりした形で表れよう。そのときこそ晴れて告げるのだ、ＳＳＭとは丸山ワクチンでアリマース。かれは狂喜するだろう、腹水のなくなった体で。

しかし現実の腹は腹水を孕んで、相変わらず天井突き上げる勢いで聳えていた。ほぼ隔日に二千ccから四千cc抜く。それでも取るそばから溜まった。毎日は毒ですと拒む医者を、かれは例の大声の迫力で威嚇するのであろう。荒事に馴れてないプラチナの女医が、一、二回は驚いて、つづけて穿刺したかもしれない。それを避けてか、一階の外来診療に出て姿を見せない午後もあった。

三郎に脅かす気はさらさらなく、この語調は普通なのだ。祥子に、あんな粗暴な男別れちゃえ、とそそのかす人もいる。しかしいかに怒鳴られ耐えがたくとも、かれのやっていることは正しい、は建前で、祥子の本音とは、ただやたらサブロが大事、なのである。

若い日かの女の前に現れたかれは、はじめて見た田舎の男だった。それまでに知りあった都会の男たちは、先行きどんな人生を送るかおおよそ察しがつく。が三郎はまったく見当がつかなかった。そこが魅力で、かの女はプロポーズに応じたのである。山出しといっても都会志向旺盛なゆえか、見かけはほぼ街の男で、訛までない。違和感はなかった。かれとなら二人で人生を創れると直感した。と言ってしまったら体裁がよすぎる。実際は若気の至りか魔が差したか、だろう。

三郎が自分の書の方向をみつけたのが、野生動物としての勘であったとしたら、かの女もまた、野性的第六感に導かれるまま、かれを受け入れた。共に進む気でいた。

しかしこの協力者、かれが過激なのも、貧農を引きずっていることも気に喰わなかった。受け入れたのに何だといいたいが、祥子はそういう女だ。要するに、垢ぬけないのが厭なのである。泥臭さが表現の方法としてならともかく、丸ごと地、では辟易する。かれの持論「上っ面だけの唯美は悪」だって、唯美がなぜ悪い、汚きゃいいのかと思うのだ。

はじめの頃、夫の書作品は汚くておぞましく、顔をそむけたくなるものがあった。なぜだろう。わからない。もしかしたら、くそリアリズムかな。

「サブロの書ってさあ、テメエだけいい気になってる。一ひねりも二ひねりもないのね。斜《しゃ》に構えるとか、遊び、出せないの？」

遊び、ひねりとくりゃおれは得意とばかり、三郎が最後のハネをぴらぴら派手に震わせて伸ばそうものなら、「ゲッ」である。肌を交わした妻が言わずして誰が言う、の気。

まだ磨かれてない原石のような夫を、なんとか輝ける創作者にしたい。それがかの女の願いだ。今は鼻持ちならなくとも、かれには未知のカオスがある。妻の贔屓《ひいき》目かもしれない。が、なになにあたしの惚れた男を一級品にせずにおくものか、究極のナルシシズムがかの女を支えた。

三郎にすればたまったものではない。生命賭けてやるのはかれである。それを書をやらない女房がこれだ。当然怒る。

それでも耳を傾けてしまうのは、妻は他分野から何かを吸収してきて、おれに提供している、どうやらやつはおれが見てない世界を垣間見ているらしい、と考えるからだ。

いくら理性でそう思っても、どうしようもなく憎らしく、怒り心頭に発する日もあった。突然かれは荒れ狂いだすのである。元気で自由の身であってすら、そう。なのに今はベッドに釘付けだ。腹の立つ原因はいくらでもある。おれが病気なのに、代って働く気もないバカヤロー、など。

かれはもともと、身のまわりすべてを妻に手助けされないと何もできなかった。口に革新を唱えても、中身は封建制そのものなのだ。祥子はそれで倒れて勤めをやめたのだし、今の彼には介助が絶対条件、だがそれは念頭にない。

「こんな馬鹿相手じゃおれもやってられない」突然白眼で妻を睨みつけた。

この日は息子が来て父の髭を剃っていた。祥子は自分に髭がないから、剃るなど考えもしない。三郎にはそれも癪の種だ。

息子は困り果てた。おやじの病気のこと、みんなおふくろがかぶってんだ、と言いたいけど言えない。

祥子は隅で、パジャマ一日に二回も取り替えてる、清拭は一回なのに、と不思議がっていた。そこに三郎の喚き声が襲いかかった。

「見ろ。みんな指さして嗤ってんだぞ」

これこそ祥子が嫌う田舎の感覚である。

「帰るっ」

爆発した。似た者夫婦で怒りの速度が同じ。ただ突っ走る。

洗濯物をつかんで「サブロのバカ、死ね」もいつもの喧嘩のセリフ。言わなきゃいいのに言う。そのくせ階段を駈け下りながら、「死ね」の部分だけ必死で消している。

まだ日の高い国道を、チェーンが空回りするほど自転車を漕ぐ。轟音あげて走り去るトラックがかの女の涙を吹き飛ばす。

それでも、と考えるのだ。あたしが本気で怒ったの見てサブロの野郎、きっと病気は大したことないんだって安心するだろう。心の中じゃ疑ってただろうから。

翌日かれは、けろっと忘れたようににこやかだった。いつも喧嘩のあとは「ぼくのショウ」なんぞとまつわりつくところだが、腹水では動けない。ひたすら言訳するのである。

「ぼくうっかりしてた。入院のとき、ギャクベンの書類にサインしちゃったみたい」

「えっ。なにそれ」

これでは祥子気の休まる暇がない。

「逆便だよ。クソが逆行してもいいって書類だったんだな、あれ。まずったなあ」

でおれは機嫌が悪かったの、と言いたいらしい。かれは抗癌剤の副作用か、下痢のあと便秘つづきである。

祥子は絶句した。どういい風に解釈しても、これははっきり、変。

「大腸の蠕動って下へ送るだけ。上に戻るなんて、絶対ゼッタイ、あり得ないのっ」

妻の剣幕に圧倒されたかれは、

「あっそうだった。ショウよく知ってるね」

この件は納得した。が、

「ちょっとその窓の下、見て。どんな仕掛けがあるか。なにしろこの系統の病院だし」

やはりおかしい。

ベッドの頭、一間巾の窓ガラス戸を開けて下をのぞけば、絶壁。手がかりも足場も何もない。まして仕掛けなぞ。地面は平坦で、木も草も生えてない。

「凄え装置だろ。そこから毎晩映画、映すんだ。ギラギラ大音響の爆発シーンばっかり。おれを攪乱させようと企んでやがる」

祥子はベッドの足元の白い壁をただ凝視した。あれがスクリーン？　常軌逸した夫が憎らしくなる。

「見てみなさいよ窓の外。何もないの。夜はあたしが必ず鍵かけて帰るでしょっ」

「そうだけど、そんでね」

うなずいても、祥子の言うことは聞いてないらしい。

「そんでおれがどれほど参ったか、上部機関に報告する奴《やつ》までいるんだ。夜ピピピ、ピピピって、コンピューターに打ちこむ微かな音が、隣から聞こえる」

隣の個室は中年の男性で、近く退院するらしい。テレビかラジオをつけているのだろう。嬉しそうな笑顔で廊下を歩く姿が、祥子には身が灼けるほど羨ましかった。

「でさあ、外のね、おれの名札」

三郎は足元のドアを指した。

「フラッシュ焚いて写真撮ってるんだ。この木山ってちょっと違うんだって話してた」

一九八八年はじめ、ロシアはまだソビエト社会主義共和国連邦だった。ドイツは西と東に分断され、ベルリンには東西を隔てる壁があった。東ドイツから壁を乗り越えて西に脱出すれば逮捕された。殺されもした。この時代が変わり出すのは翌年、一九八九年である。そして、三郎は戦後四十年間いろいろあって、心情的に同調していた日本共産党から気持が離れた。表現者のこころは永遠にコスモポリタンだ、自由なのだ、と言いつつ、伝手《つて》といったらやはりこの系統の病院になるのである。

右からも左からも孤立した男。祥子には三郎の不安や恐れがよくわかった。がそのことの、形になるなり方がおかしい。もともと非常識ではあるが、これはひどすぎる。

かれは狂った。

祥子はほとんど悪鬼の形相で、廊下に出た。いても立ってもいられない。そこへプラチナの女医が来て、ものも言わず、祥子を医局の自分の机に連れていった。

「木山さん近頃おかしなこと言うの、気がつきませんでしたか」

「えっ」

「脳に障害が出てきたのかもしれません」

肝機能が衰えて解毒できなくなった、というのである。プラチナは冷静に病状を説明したのだが、脳障害と、恐れていたことをズバッと言われて祥子は、うなずくより先に、なにを、と身構えてしまった。

結婚このかたこういう非難ばかり浴びてきた。お上品な方方《かたがた》には、すぐがなりたてるかれは我慢ならない存在だった。ご主人てまともじゃないわね凶暴で。それをかの女はことばをつくして取りなしてきた。

「あの、あの、かれイメージでもの言う癖ありますから」

「……イメージ。そうですね」

苦しい言訳に、医者はうなずく。どうであろうと事実に変わりはないのである。

三郎は見た目では想像つかないほどの淋しがりだ。気も弱い。すぐ怒鳴り喚くのは、現実を持ち堪えられない小心者だからだろう。世間相手に孤軍奮闘せねばならず、強がっても、実はどれほど怯えていたことか。

かれの生まれた故郷の山は、日が落ちると無限の闇に閉ざされる。それは大自然の支配する暗黒、人間の介在できない異界への入口だった。かれはこういう為体《えたい》の知れないものの近くで育った。だから病む今、怖いのだ。狂うのである。陥れられると怯えればなおさらだ。

祥子は血相変えて病室に戻った。

「夢よ。サブロが見たの、みーんな悪夢！　夜一人だから、悪い夢見ちゃったの。あたしが傍にいてあげられなくて。ごめん」

祥子は三郎を抱きしめた。

「オー。夢、かあ」

「うん。もう大丈夫、守ってる。サブロが夜一人でもショウのこころはね、ここにあるの」

「わあい。じゃあぼくもう夢、見ない」

これが六十歳や五十代の会話か、と呆れるが、驚いたことに三郎の異常は、この歯の浮くやりとりできれいに消えてしまったのである。

脳障害克服。危機は脱出した。

三郎は本当に回復に向かったようで、便秘は治るし、腹水のケチャップも色が薄くなった。プラチナの表情も晴れやかになる。

「そろそろ還元できます」

還元とは、抜いた腹水を濾過、濃縮して、点滴で体内に戻す方法である。今までは溶血がひどくてできなかった。これこそ三郎の待ちのぞんだ治療だ。入院前、おなかがすうっとへこむと人に聞かされて、ずっと期待していたのだ。

朝二五〇〇cc抜く。処理して午後から点滴にかかった。

――と。

すぐ、三郎に震えがきた。いくら体を抑えても、大地震のような揺れはおさまらない。

三郎は固く目をつぶったまま。

ナースが体温計を見る。「三十九度九分」

「濾過したやつに何か混ぜたんですか」

祥子は大声で抗議した。

還元は中止。だが医者もナースも動転していない。すぐ解熱剤がうたれた。体温は急降下し、三十五度台になった。

「あのね熱、毎日出てる」

さっきとはうって変わった爽やかな顔で三郎が言った。「解熱剤で下げてる」

早朝、三郎は毎日高熱を出し、解熱剤で下げているというのだ。祥子は凝然と立ちつくした。かの女が来る午からは薬が効いて、微熱。大量に発汗した後だったのだ。パジャマはそのたび着替えていた。洗濯物が増えるわけである。

「薬なんて毒よ。熱は自然に下がるでしょ」

確かに健康な者ならそうだが。

「高い熱は癌性腹膜炎と思われます」

プラチナは事もなげに言う。

入院して二週間。二月中旬になった。

腹水は相変わらずで、抜くそばから溜まる。

三郎が恐ろしい眼で天井を睨みつけるようになった。自分を蝕むものの正体を見据えているのか。そいつをねじ伏せなければ、と。

カッピングをやる、三郎が言いはじめたのはこのころである。真空のカップをツボにあて、皮膚表面に瘀血を吸い上げる物理療法のことだ。その記録は紀元前からあって、おそらく世界最古の医療だろう。かれは肝炎に苦しんだ後、これによって体力を取り戻し、獅子奮迅の活躍をなしとげた。

どうやら病院の空気が、治らなくて当り前みたいな覇気のないものに、かれには感じられてきたらしい。そこで最新医学に見切りをつけ、代替医療に踏み切ろうと決心したのだ。いくら民間療法だからって医者に遠慮なんかしてられない。治すのが先だ。

三郎は妻に自転車で運ばせた器械を、ためらいもせず医者に見せた。

「……で、これは誰がやるんですか」

「ぼくです」

プラチナは器械が作動するさまを少しの間眺めた。丸山ワクチンを使いたいと申し出た妻が「駄目でもともと」と言ったのを思い出したのかどうか。「いいでしょう」

代替医療を認めた形となった。病院としては打つ手なく、患者の苦痛を取りのぞくだけだったからだろう。

この頃のかれは、闘病に前向きだった。

それが間もなく、一夜にして廃人のようになった。瞳は動かず、まるで屍。なぜこれほど変わり果てたのかと、ただうろたえる祥子にナースの一人が、夜中に眠れるお薬をうちました、思いつめた表情で言いに来た。訳がわからなかった。

「おれ肝硬変なんだって?」

とうとう思い切ったように三郎が口を切った。前夜宿直医から聞き出したのだという。その医者は肝臓病専門で、入院前に三郎の腹水を抜きかけ、溶血で中止した人だ。プラチナの女医が病名を言わないのは専門が違うからだ、とかれは考えたらしい。ここはやはり専門医、それも男なら明確な診断を下してくれるだろう。そう考えるのはもっともで、いかにも三郎らしく単刀直入に訊いたとみえる。相手は、ええと、とカルテをめくり、ここに肝硬変て書いてありますね、告げたというのだ。当人病名を知らない、それは家族が告知を望んでいないからと、とっさに察したのだろう。腹水もあるし、嘘っぽくない。癌とあからさまに言うよりショックは小さいはずだ——。

しかしかれは廃人のようになった。歎きも尋常ではなかったろう。で睡眠剤を打った。ナースはそれを言っていたのだ。

「なあんだ。サブロ知ってるかと思ってた」

祥子が明るく受けたのはもちろん演技。匿していたのは正解だったと思う。癌と疑ってもいないのだ、かれは。

「肝硬変なんて、今は治るのよ。注射ＳＳＭしてるでしょ。カッピングでしょ。アミノ酸もあるし、玄米ごはんも青汁も家で作ってきてるじゃない」全部代替だが。

「治るの？」

「もちろん！」

しかし誓い空しく、非情な病は着着と進む。

入院五週め、突然吐いた。その後はむかむかを宥めすかす毎日となる。食欲はなくなった。玄米がゆの柔らかい一粒も、下唇のトゲに貼りつかせたまま。口に入れる気力がないのだ。祥子は肝臓病特有のガサガサに荒れた唇にそっと触れる。

「体力つけるの。アミノ酸飲みましょ」

飲めないって。もう何も咽喉を通らない。酷だ。

かの女はつい二カ月前を思い起こしていた。深夜二人並んで、古い映画をテレビで観たときのこと。

「名画って、必ず背景が描かれてる。この恋物語のその時代や社会が」

「だからあ、おれ前から言ってるだろ。ただきれいに書くだけじゃ駄目だって。書にも、時代、社会が見えてなきゃってさ」

唯美は駄目って、ああそういうことだったんだ、こころに花の咲くひととき。それが再び来る日を、かの女はひたすら待ちのぞむ。

「これから輸血します」

数日後の午後通達がきた。祥子の頭に、輸血、肝炎感染の図がくっきり浮かぶ。サブロがこうなったのも、もとはといえば輸血ではないか。

「やめてください！　また肝炎になったらどうするのっ」

若いナースの顔がどす黝《ぐろ》く固まる。とそこに中年のナースが飛び出してきた。祥子の腕をむずとつかむ。そのまま廊下をずるずる引きずって階段まで行くと、激しく囁いた。

「感染なんかしたって、どうせ死ぬんだからいいじゃない」

このナースと三郎はよく気が合った。どちらも口が悪い、仕事はできる、同類なのだ。しかしいくら同類でも、病院側である。解熱剤だの還元など、いちいちうるさい患者の妻にうんざりしていた彼女、威勢よさでぽろっと洩れたか、あるいは一度懲らしめなければの確信犯でか、とにかく一発やってしまった。

腕を離された祥子は卒倒寸前。いきなり事実を突きつけられたのである。

すぐプラチナから電話が入る。外来の診察室かららしい。プラチナも大変だ。

「輸血が原因で肝炎、になるおそれはあります。……劇症B型の心配は、ありません。なるなら、非A非B型です。それも出るまで何カ月もかかります」

つまりそのときはもう死んでいるから関係ないという、ナースと同じ内容なのである。

肝炎の型も同じだし、も暗にあるらしい。C型、という名称はまだなかったのだ。

祥子はネジのはずれたロボットのようにギクシャク病室に戻った。今にも分解しそうだ。

丸山ワクチンを取りに行こう、急に思い立った。二十本を一日おきに注射して、そろそろ補充の時期にきている。購入には担当医の報告書が必要で、それに目を通すうち祥子は蒼白になった。抗腫瘍の欄が「進行」とある。

「非情に厳しい状況です」

日本医大の医師は言った。恰幅のいいその人は報告書から目をあげ、肉も何も殺《そ》げ落ちて精神だけになったような祥子を見た。

「これは戦いです。SSMは兵器。あくまでも補助なのです。戦うのはその人自身――」

諄《じゅん》諄《じゅん》と説く医者にあたたかさを感じ、祥子は涙がこぼれそうになった。病院では、この患者はもうじき死ぬ、それまでを看るのだ、が暗黙の諒解だ。あたしが闘ってきたのは、そこだった――かの女は助からない末期患者をあえて引き受けたという、あまり類のない病院側の好意には、考えが及ばないでいる。

二、三日してプラチナに呼ばれた。

「急に衰弱してきました。今までは情熱的に仕事のお話をなさってたのですが、もう……」

ここで医者は調子を変えた。

「こうなったら、ですね、本人に諦めさせるというか、こころの平安、ということを、お考えになったらどうでしょうか」

祥子はぎょっとした。

「……かれ、志半ば、なのです」

医者は取りあわない。

「いずれ酸素は使いますし、痛みがあれば、麻薬を使うことも考えています」

「マヤク。それ待ってください。治ったとき中毒が」

プラチナの眼が一瞬光った。

「ワクチンがまだ効くと、お考えですか」

呆然と歩を運んで戻った祥子の、頬の涙の痕を三郎がみつけて、撫でた。

「また苛められたの?」

ひっそりとした声音は、二人で羽寄せあって、小鳥のように世の雨風を避けてきた三十年余りを思い起させた。祥子の気持が少しほぐれ、和《やわ》らいできた。

こころの平安、という進言、この病院にしては宗教的すぎるが、これも和《なご》ませてくれるのに役立った。その場では反発しても、どこかが楽になったのである。

次の日の仏暁、浅い眠りの中で祈っていた。サブロを助けてください、治りますように。

するとおもいがけなく、声がした。

「ああなんだ、そういうことをずっとねがっていたのか。ちっともわからなかったよ。はっきりいわないものだから」

よく透る男性の声だ。高みから響いてくる。陽の輝きを秘めた空のような深い群青のバリトンだ。

「じゃあ今は、お聞き届けくださいましたのね！」

祥子は腕を伸ばして叫んだ。返事はなかった。

今の、神？　めざめて考える。あたしいつも欲求や目標を明確に出さないから。すぐずらしちゃって。そこで担当の神さままでずっこけておわします。

ふざけてる場合ではなかった。自分では気づかなくても、深層で夫の死を認めている、なのに表層では、本気で治そうとするという、相反するこころの顕《あらわ》れかもしれないのに。

三郎は三郎で、真剣に難題をぶつけてくる。

「ショウ。ベッドの下見てよ。コンピューター仕掛けてあるかどうか」

祥子の眼がたちまち鋭く険しくなった。

「ピピピ、ピピピってさあ、おれのこと監視してんだ。かすかに揺れてさ」

「……今でも?」

かれはハッと気づいた。急いで訂正する。

「ううん、以前。……きっと何か、そんときの跡があるはずだ。見て」

以前、とはおかしな言動が頻繁にあった頃だろう。なぜ今またそれを持ち出すのだ。下は静かな空間。ベッドの簀子《すのこ》が新しい。

「簀子の色がきれい。あと何もないったら」

祥子の声が裏返った。また脳にきた——

「しょっちゅう作動してた。ずうっと」

「今は違うでしょっ」

祥子噛みつかんばかり。三郎は気圧《けお》されて、少年のように素直にうなずく。

「うん。今は……違う。いつの間にか機械はずしたんだね。木がきれいで新しいっていうのが、最近までついてた証拠だよ」

こんなにボロボロになっても、かれの体は病と闘っていた。高熱も出た。が、ほどなく。

「ゆうべは十三時間眠っちゃった。今も眠い。夜中に催眠剤うたれたの」

また薬害か、いきり立ちそうになる祥子を、三郎は穏やかに制した。

「損益分岐点みたいなの、あってね。これ以上無理したら疲労する、なら弱い薬で眠るなり、解熱するなりした方が、得なの」

なんと静かな分別、祥子は舌を巻いた。どれほどの葛藤をへて、この心境になったのだろう。解熱剤は少し前から小児用に替わっている。

「あんまり頑張らないでよショウちゃん。ぼくもう楽《らく》したい」

三郎が変化しはじめた。彼女は慄えた。かれに視えてきたもの、それはもしかすると──未知の、暗黒。

翌日病室に入ると、三郎の両方の鼻の穴に妙な管が差しこまれていた。「なに、それ」

進行とはこういう形であらわれるのか。

ただ慌てふためく妻から、三郎は黙って目をそらす。ナースが祥子の肩を抱いた。

「酸素はじめてでびっくりしちゃったのね」

「酸素、お口からのにしましょうか」

プラチナが指示し、祥子を眼で誘った。

「昨夜呼吸困難になりました。それからレントゲンの結果ですが、間質性肺炎です」

たまに咳があった。医者は血小板や総蛋白の数字をあげて、今までとだいぶ違うと説明したあと、しばらく沈黙した。

「急に変化がくると思います。延命策、として生命維持装置の呼吸器がありますが。使いますか。そういう苦痛をともなうものも、必要とお思いですか。本人はその頃もう意識ありませんし。やっても何週間も生き延びるわけではありません」

祥子には答えられない。呼吸器を見たこともない。間質性肺炎の重大さにも無知だ。

三郎は酸素マスクを昔風のに替えて、大人しく口にあてている。祥子はマスクを自分の鼻に近づけた。湿った新しい空気がきた。

「昼間のお風呂屋さんの匂がする」

三郎はマスクなしで平気な顔。

「なんだサブさん。大丈夫ならはずしちゃおうよ、こんな邪魔っけなの」

「ううん」かれは静かにマスクをつけた。

「ショウがね、アミノ酸いいって言うのと同じに、先生が清浄な空気吸いましょうって。みんながぼくのこと、よくしようとしてくれてるの。だから、してる」

あらサブロ変わった。いい人になった。祥子は驚いた。よく書いてた『森羅萬象《しんらばんしょう》皆吾師』そのまんまだわ。

「きのうＵＦＯが来たよ」

それは宇宙人のこととすぐわかった。かれは飛行物体もみな一緒くたにＵＦＯと言うのだ。祥子はよく地球外知的生物の話をする。かの女は手塚治虫ファン。一方三郎は漫画ときくと軽蔑する口だ。しかし出典を明かさなければ、けっこう喜んで話にのるのである。

「生物は死ぬとね」例によってお茶の時。

「宇宙の部分になるの。微細な素粒子に」

それは手塚治虫『火の鳥、復活編』から紡ぎ出した、かの女なりの結論だった。

「そうだ。それが正しい」

三郎、大真面目で賛同する。

二人はしばらくの間、無辺の宇宙にただよう極小の、見えない〈自分〉をみつめ、無言でいた。とても恐ろしくて、しかも心豊かになる、不思議で濃密な時間であった。

あれをかれは思い出している。宗教を持たないかれが、自分を救う道を求めて。

「ＵＦＯがサブロを救いに？」

「ううん。ただ、見に」

毛髪のない、体が退化した異星人。それが音もなくサブロの枕辺に。うわ。

「怖くなかった？」

「嬉しかった。でもねえ」

かれは遠い目をした。

「あれは映像管理班が見せたのかな」

もう祥子はうろたえない。こうなったら、一緒に狂おう。そう決めている。帰りがけ、しんとした廊下の向こうに人影を見た。あのナースだ。輸血で感染したってどうせ死ぬんだからと言った人。思わず踵《きびす》を返しかけ、でもあの眼には死にゆく人を見つづけた哀しみがある、直感したとたん、祥子は駈けた。ただ縋りたかった。ナースも大きく腕をひろげた。

家に帰ると狂ったように換気扇の掃除をした。親戚の女たちは目ざといのだ。近い日彼女たちが台所に入って働くと、こころのどこかで承知している。

終って無意識にテレビをつけた。タモリが出た。『今夜は最高！』だ。ぼうっと観る。バラエティの意表つくおかしさ。いつか声たてて笑っているのに気づいた。

笑ってる、あたしが。なぜ。

やるだけのことはやった。あとはかれに生命力さえあれば、生き抜ける。しかし生きる力を失っていたら、それまでのこと。

かの女はついに肚《はら》をくったのである。

翌朝の病室は、心電計やらの機器が所狭しと並んで、物物しい雰囲気になった。入院して一カ月半がたつ。

二日前までの高熱が嘘のような三十五度。昨日主治医から、腹水を抜いたあと急激に血圧が低下した、と聞かされていた。

ぐったり横たわる三郎。痛みや苦しみは訴えない。腹水は相変わらずだが、あれほど天井めがけて鋭く突き上げていた腹が、だらあっと柔らかくなった。医者もナースも腹の丸みにそっと触れて、祥子に労りの眼やことばをかける。その優しさは「さあもう大丈夫ですよ」ではなかった。プラチナはもう腹水を気にせず、これだけはと念を押すのである。

「生命維持の呼吸器は、使いますか」

祥子の頬を大量の涙が流れていく。最後まで人間のままいさせて。人工的に手を加えないで。夫もわたくしも、体に関しては古典的でありたいのです。

ヒイ。三郎が泣き声をあげた。

「こわい。こわいよ」

二人抱きあって泣いた。長い長い抱擁。三郎の体がわなないている。どれほど恐ろしがっているか、祥子にはよくわかる。

かわいそうなサブロ。家に連れて帰って、もう一ぺん威張らせてあげたい——

夜九時すぎ、呼吸が乱れはじめた。祥子は手を通したコートを慌てて脱いだ。

かれはすぐ常態に戻った。しかしナース主任の声は厳しい。

「血圧下がってます」

血液も極端に酸性になっているという。主治医は帰って、当直に肝臓専門医がついた。

例の、肝硬変と三郎に告げた人である。いつか階段で祥子とすれちがったとき、この人は小さい笑みを浮かべた。戦場で友軍に遭遇したような表情だ。敗走する友軍、お互い辛いのである。当直のこの夜はにこりともしない。敏捷な身のこなしで、眼光も鋭い。

「ショウ。もう帰っていいのに」

主任がベッドの頭の上で激しくかぶりを振った。祥子は息を呑んだ。

当の三郎はにこやかにゆったり言う。

「ぼく人間できてきたでしょ」

ほんと。祥子は急いでうなずく。これまではそこが駄目だったのね。これからいよいよ本物になるんだ。

本物といえば、直接的表現から抜け出せない三郎に、かの女はよく熱弁をふるったのだった。

「能役者はね、衣裳つけた最後に面をつけて、舞台に出る直前、鏡の間で全身写すんだって。見えるのは、自分であって、役の人物。外から自分の内の他人を見るわけね」

演劇ゼミの講義の受売りである。かの女なりに感銘受けたとはいえ、こんな知ったかぶりが許されるとしたら、夫を想うこころゆえだろう。ほかの人に話しても、へエそれが世阿弥の離見の見ですかね、で終わってしまう。しかし三郎はちがった。

「ううむ」

深くうなずくのである。かれは妻にしいたり顔で教えられるまでもなく、必死で探っていた。劇場や美術館に足繁く通った。感覚を磨いた。現実でない別世界、見えないところを見ようとした。いうなれば、演じたい。がどう演じていいかわからない。――だから祥子の臆面ない意見も、謙虚にそっくり受け入れた。そして、しばらくたったある夜。

日課の古典の臨書をしていたかれが、足音忍ばせてアトリエから出てきた。声をひそめて言うのだ。

「蘭亭序《らんてい》、書いてたらね、おれいつの間にかこころが王羲之《おうぎし》になってた」

それからだった、かれの作品が華麗になったのは。カリカリに乾いた筆致が、骨の髄までえぐられそうに厳しかったり。墨色だけの紙面に、五彩の雲たなびくような空間が見えたり。それはかれの否定する、上っ面の技巧とはちがう美しさである。内容に合致した必然があるからだろう。目を移せば、なんともいえぬ色っぽさに身を揉んでしまいそうな文字が濡れていたり。こいつ罪作りな。憎い男とこずきたくなる作品もできてきていたのに。

残り時間は、もうない。

「ぼくの仕事は、ね、誰かに必ず、受け継がれるよ」

充足感がかれの眼にある。ことばがもつれてきた。

「UFOが、いない。一人だ」

こちらからあちらへの界《さかい》を越える。それは一人でと、承知しているからか、

「人間と、死の、会い方に、疑問を呈すっ」

芝居がかって叫んだ。そうでもしなくては到底越えられないのだろう。臭いセリフに、
祥子は激しく涙をこぼした。

血圧がみるみる下がり、昇圧剤を点滴に入れる。心電計の画面にギザギザの線が走る。

医者は急ぎ足で出たり入ったりした。

「木山さん、痛かったら言ってください」

麻薬を使う用意があるのだろう。だがＳＳＭもカッピングも和痛効果があるといわれている。痛みは訴えない。

「もう、あかんで」

突然、関西弁が出た。群馬産のかれに関西の入りこむ余地はない。がこんな重いメッセージ、関西弁でお茶らかさないことには、とても言えたもんじゃなかった。

そこに息子が飛びこんできた。

「まに、あった、じゃん」

ジャンをつける若者ことばを、三郎は使わない。しかしここ一番のセリフは、やはり少しはずさなければ決まらなかったらしい。マジじゃ照れようってもんじゃないか。

この遊びごころ。客観性。

「すべての臓器が駄目になっています」

かれは生きるだけ生きた。悔いはないだろう。だからこそ今ゆうゆうと手を振って、この場を去るのだ。

祥子にもそれがわかる。

「サブさんが大事。大好き。愛してる」

三郎はもう目を開ける力がない。唇だけ微かにほほえんで妻子の手を握り、コトンと眠りに落ちた。なにもない深い闇の、昏睡に。

程なく呼吸が止まった。

祥子の顔が目だけになる。

うっそぉー。こころに叫ぶ一方、これで闘いも、男と女の辛いやりとりも終わった、との安堵が一瞬駈けぬけたのである。

深い哀しみがきたのはずっとあとだった。

メルヘン

新宿駅。午後四時。いつもながらの雑踏である。

もや乃は西口に入って、人波をよけながらちょっとふりかえった。

いるはずの級友たちの姿はなかった。

広場のむこうで救急車の赤色灯がまわっている。よくある風景である。

九月の最後の日曜日は毎年小学校のクラス会ときまっていた。この日も昼前から集まって、ついさっき喫茶店での二次会がおわり、広場をまわった駅前で昔の級友たちと別れた。

なのにもう誰も見あたらない。

以前は終電近くまで、十数人で騒いでいたのだ。それがここ何年か、みな帰りを急ぐようになって、あっという間に散ってしまう。

ほんと、八十すぎると意気地ないんだから、と呟くもや乃だって同い年、当然早く帰りたくて、駅のエスカレーターに急いでいる。

あの救急車、通りみちならのぞけたのに。ちらと野次馬根性が頭をかすめた。

地下の改札からふたつめの、十三番線、十四番線ホーム。階段にエスカレーターはない。敗戦直後よりきれいになったが、階段の幅や傾斜は七十年たった今も変わらずだ。

一段一段のぼりかけ、ふと目をあげたもや乃は動けなくなった。

目の前の踊り場に、かれがいた。

まわりには誰もいない。かれひとりだけ。

上からおりてきたらしいところまで、いつかと同じだ。

それだけではない。九月末の午後四時というのに、妙に薄暗く、それもあのときと同じだった。

こんなことってあるかしら。かの女は忙しく考えた。あそこに立っているのは、昔のままのかれだ。深いところをみつめる目、思索的な表情。たたずまい。でもあれから何年たっているだろう。ざっと六十年ではないか。

いくらなんでも、そんな年月、同じ顔、同じ体つきでいるわけがない。人ちがいにきまっている。そう思って目をそらしかけた、瞬間。

先方もかの女を注視していた。なつかしい、切れ長の、あの涼しい目もと。

ドキン、とする。慌てて見直した。

どう見ても、年寄の知らないひとだ。

なにとち狂っていたんだろう。おかしくなったとたん、またふっと青年の顔が見えた。

そればかりではない、斜めにかまえた体に若さがみなぎり、均整のとれた姿に変わった。

そして少し首を傾けて、かの女をみつめる。

昔のままだった。

疑いようがない。あれは確かに、かれ。

もや乃の初恋の相手。生涯の恋人。正しくは永遠の片想いのひとだ。

実は、これと同じことが六十年前にもあったのである。

場所はまったく同じで、ここ。十一月末の、時刻は午後七時をすぎていた。二十代はじめのかの女は残業を終えて帰ろうと、山手線のホームへ、かれは勤務先の高校を出て、池袋方向から中央総武線下りに乗りかえるため、階段をおりてきた。

しばらく逢っていなかったふたりの偶然の再会。踊り場で長いことみつめあった。あたりに人の姿はなかった。

それから半世紀以上たった今、またこの場所で。

もや乃は階段を駈けあがった。この機をのがしてはならない。逡巡している暇などないのだ。

駈けあがる自分の、うしろに引かれるような足どりがもどかしかった。年齢は争えない。喘ぎながら気ばかり先に、頤を突き出してのぼってゆく。

「森川さん、ほんとうに？」

声に、ならない。

かれは想いのこもった目でかの女をみつめた。

その視線にかの女のこころは一気に時をさかのぼった。ほとばしるように声が出た。

「生きてるうちに逢えたんだ」

相手は黙ったままである。当然だろう。かまわない。

「ねえ、これほんもの？　実体はあるの？」

夢中で腕にさわろうとした。すると反射的に引っこめたので、おもわず叫んでしまった。

「わー、動くっ」

向こうはとうとう、呆れたように笑った。

「変わってないなあ。幽霊じゃないよ」

昔と同じ口調と抑揚で言った。

同時にあたりが明るくなった。ざわざわしはじめる。不思議なくらい誰もいなかったのに、後から後から人が湧き出して、うねりうねった流れとなった。

立ち止まっている肩に、駈けおりる人がぶつかりそうになる。

「おっと」

ちょっと危ない体勢になったのを、かれがすばやく立ちふさがって庇った。

「行こう」

並んで階段をおりたところで、ハッと気づいたらしい。

「あ。ご主人、いいの？」

「死にました。二十年以上前に。今わたくし、ひとり」

顔をむけると、無地のグレイのジャケットから白いポロシャツの衿が見えた。

かれの、色づかいだ。変わってない。少し安心する。

構内をゆっくり歩く。

夢のなかにいるようだ。足が宙に浮いている。

東口の改札を通る。

先に出たかれがスイカをポケットにいれながら、かの女の手元を不思議そうに見た。

気がついて、驚いた。かの女が手にしていたのは、デパートのポイント・カードだったのだ。

「あら、これで出ちゃった」

かれの後についていたから、出られたのか。まさかと思うが、ぴったりくっついていたのだろうか。それよりかれの視線が、なんかわざとらしい。もしかしたら。

「わたくしの名前、忘れていらっしゃるでしょう」

ポイント・カードには、名前が書いてある。

「えー。あ」

「高田です。高田もや乃」

旧姓でひと息に言う。気負っているのが自分でもわかる。

「うん」

目をそらしてあいまいな表情。

やっぱりね。

「わたくしは忘れていません。森川マヒロさん」

ヒロは比呂と書く。

はじめてその名を見たのは、大学の演劇祭のパンフレットである。配役のトップに、森川真比呂とあった。主役で、いやでも目についたから、すぐ名前を確かめた。なにしろ字面がいい。高校三年の少女は、その幕末の青年武士にたちまちのぼせあがってしまった。

はじめて自分から好きになった異性である。遅い初恋だった。戦後四年めのことだ。

しかし、高3の胸がいくら恋い焦がれても、所詮は一ファンの身、連絡のすべもない相手は、高嶺の花だ。そう自分に言い聞かせて、いったんはあきらめた。

その矢先、合同で公演を、との申込みが高校の演劇部にあり、まさかという出遇いになった。

敗戦後、文部省が男女共学を決めたものの、実施はまだ。やがて六三三制がスタートして、中学、女学校が新制高校に変わった。中1が高2になるまで下級生ゼロ状態がつづき、高校に新一年生が入って、やっと共学がはじまった。合同公演はその前年である。

一方大学では、女子の編入は極端に少なく、芝居での女優は女子大から借りてくるくらい。まして女子高生が複数出る舞台は、女子校と共演するほかなく、衣裳が自前の学生演劇で、セーラー服の同じ制服をただで揃えるには、ほんものの女子高生が必要だったのだ。

かの女は、最初の本読みが終わったあと、窓辺にひとりで立つかれに、勇をふるって近づき、震えながら話しかけた。生まれてはじめての、生涯一度きりの告白であった。

「ぶ、舞台、の演技、とっても感動して、あの、あの」

かれはうつむいて羞しそうに笑ったのだった。

「あのう」

目の前のかれが、とつぜん口を切って、現実にもどった。

「マサヒロですけど、ぼく」

「えっ」

だって、真比呂でしょ。

「マサヒロと読むのです」

「まさか」

六十年間ずっと、マヒロさんと、こころのなかで語りかけていたのに。

「まさかって、当人が言うんだから、まちがいないでしょう」

「そりゃ道理だけど」

今さらマサヒロさん、なんて言えないよ。

胸のなかで反論するかの女をちらと見、かれは地下のメトロ・プロムナードに入った。

同じようにゆっくりと、ならんで歩く。

速度、あたしに合わせてくれている。いつもそうだった。前はもっと大股で、姿勢よく、ゆったりとしていた。国王が舞台を歩くようだった。今は、足を引きずって不自由そうだ。

かの女だって、前かがみで頤を出し、腰がまがっているのだが、当人は気づかない。ふたりとも年をとって、早く歩けないのである。

商店のエスカレーターで地上に出る。新宿通りから入ったところに喫茶店があった。かれにつづいて自動ドアを入る。

窓ぎわの禁煙席に案内された。外を向いた席だ。ならんですわる。よかった。向かいあうより、ずっと近い。想いがかれの方にだあっと流れそう。しかし、それよりなによりこの顔の衰え、これぱかりは見られてはならないのだ。前に逢った最後は二十歳代前半、そして今は八十の坂を越えた。

顔などふだんは気にもかけないのだが、先ほど二次会のあとで入った洗面所がいけなかった。眉がひろがるほど明るいのである。鏡は容赦なく皺もたるみも浮かびあがらせていた。

「まさか、これほどとは」

ならんで立つ級友もひどい顔である。往年の美女だいなしだ。

「ブルドックみたい」

言いすぎたかと、少し補足。

「目鼻、垂れてるねっ」

「もやちゃんこそ、定位置から大幅にずれてるじゃなーい。わはは」

「笑うな」

そんなやりとりがあったばかりである。

「きょう、小学校のクラス会だったの」

かれは興味なさそうに、かたわらの鞄を置きなおす。戸惑っているようだ。うっかり昔のように誘ってしまったが、深入りしたくない、といった顔。

「小学校って?」

「四谷第九《く》」

場つなぎのつもりだろう。

「えーっ」

場つなぎにしては、えー、が長すぎた。

「ぼくも第九」

今度はもや乃が驚く番である。

「だっておうち東中野でしょ」

「中学のとき、今のところに越した。疎開した人が安く譲ってくれて。こんな時世ででもなきゃ家なんか持てないって、父が頑張ってね。いつ空襲でやられるか、一世一代の賭けだった。でも運よく残って。ふうん、四谷だったの。ぼくはまた、渋谷から玉電で入ったところとばかり」

「そこは、焼け出されていった仮住まい」

かれのアルバイト先が同じ玉電の沿線だったので、家庭教師の往き還りにちょくちょくかの女の家に寄った。もや乃決死の告白から高校卒業までのみじかい間だった。玉川電車鉄道はその後、田園都市線と名をかえ、今は東京メトロ半蔵門線が乗り入れている。

「こういう電車ねっ」

もや乃は玉電時代、運転席のわきで見ていたとおり、コンプレッサーのハンドルをぐるぐるまわす仕草をしてみせた。相手はまったくのってこない。

「そうだ、四谷は全滅したんだった」

「四月十三日」

かの女もすぐ応じる。空襲の話のできる人が少なくなった。

「一晩中、火や敵機から逃げまわって、やっと避難先の第九小にたどりついたら、少し明るくなってきた。あんなひどい夜でも明けるのね。正門のところの空にある丸いの、なにかと思った、血をしたたらせているみたいな、まっ黒なやつ。太陽だった。こんなに大きいの。この世の終りかと思ったわ」

「見わたす限り焼けて、家が失くなった下から、まっ黒な空にのぼってきた。煤煙を通した太陽は異常に、赤というよりどす黒いんだ。あれ見た父が、次はうちの番だって叫んだ」

「あのとき東京にいたの？　学徒出陣しないで？」

「学生がいっせいに徴兵された四三年では、まだ中学三年だった、旧制のね。二年先輩から上は戦場に送られたんだ。理系はともかく、文系は」

かれは文系だ。二、三年早く生まれていたら、どうなったろう。生きて還れたかどうか。

「中学のクラスに江田島、えーと海軍兵学校行ったやつがいて、ぼくも受けないかって誘われたけど。でも。厭だった。こっちにいても徴兵検査があって召集令状がくる。必ずくる。どうしたら回避できるか、必死で考えた。長男だけは大和民族存続のために兵役免除って噂、あったんだ。けどそれも権力者か高額納税者だけみたい。民はすべて、大君《おおきみ》の醜《しこ》の御楯《みたて》だよ。ただひとつ、師範学校なら大丈夫なようだから、中学四年修了で入ったんだ。父も教師だし。でもここの先生にも赤紙きて、間引くようにいなくなった。教育者にはこないはずなのに。学校は工場動員ばかりだった。飛行機工場の空襲はそりゃあ、酷くて。焼夷弾で上半身を火傷したやつもいた。火の中かいくぐりながら、師範だってわからない、徴兵検査も早まるんじゃないかと、そっちの方でも生きた心地なかったよ。敗戦でほんと、ホッとした。今だから言えるけど」

さっきまでの寡黙が嘘だったようである。憑《つ》かれたようにしゃべって、ふいに黙った。はじめて聞く話だった。「今だから言える」が、戦後七十年もたって、まだかれの中を占めている。もや乃は慄然とした。「また言えなくなる日がくる」の意を含んでいるようでもある。

よくぞ生きぬいてくれた。だから出逢えたのだもの。

「死なくて、よかった」

「うん」

それきり長い間《ま》となった。

「今も東中野まで歩いてるの？」

その駅まで三十分近い距離のはずだ。

「いや。地下鉄が通って便利になった」

「ああ。営団地下鉄ね」

「東京メトロ」

「あ」

どうでもいいことで、笑みを含んだ声。こんなやりとりでこころが安らいでくる。きょうだいや幼なじみと話しているような。

もや乃と夫は、出身地がちがった。そのためか夫とのあいだに、いうにいわれぬ違和感があった。ぎくしゃくした関係は、はじめこそもの珍しくて新鮮だったが、やがては疲れる。こころがささくれてきたりする。

低く曲が流れていた。

コーちゃん、越路吹雪がうたっていたシャンソンだ。『夢の中に君がいる』アダモだったっけ。

……あのころもうわたしはあなたを愛してた……

これ、なんてあたしにふさわしい曲だろう。もや乃はうっとりと胸の内で口ずさんだ。

ふと気がつくと、かれがコーヒーをすすめている。

いつ運ばれてきたのか、かれが注文したのさえ、気づかなかった。まるで夢を見ているみたいだ。

級友たちといたときもそうだった。洗面所から出ると、かつての男の子数人が、外で談笑しながら待っていた。

「ねえねえ、あたしの顔、部品がぜんぶずれちゃって」

笑いかけたとき、男の子たちがにわかに表情を引きしめ、泳ぐように駈けよってきた。そこまでは鮮明におぼえている。

それだけではない。その瞬間、フラッシュ・バックのようによみがえった記憶も。

小学校が戦時体制で国民学校と名を変えていた六年生の夏。林間学校だった。山間の馴れない道で迷子になった。探しにきた先生に連れられて宿にたどりつくと、暗くなりはじめた玄関の前に、男の子が数人立っていて、「おーい。高田が帰ったぞー」よろこびの声をあげたのである。男の子といえばこういうとき、冷やかすか、囃すものと思いこんでいたので、もや乃はとても驚き、嬉しくなった。

きょう待っていた男の子も、あのときと同じ顔ぶれだ。

そうして気がついたら、ひとり駅に入って、十三番線に向かっていた。いつもの大げさな別れ、握手したりハイタッチしたりの記憶がとんでしまった。

やぁね。あたし惚けたのかしら。

「あのホームなら、前の近く?」

かれが訊いている。同じホームの十四番線、山手線内回りで渋谷方面かという意味だ。

「ううん。総武線。各駅でしか停まらないとこ」

「じゃ、ずっと先?」

「千葉。終点の千葉駅よりほんのちょっと手前」

「ふうん」

まるで興味なさそうである。退屈なのかもしれない。少し焦った。

「あっちに越したばかりのとき、手続きで千葉駅まで行ったの。はじめてで見当もつかないでしょう。駅前も広くって、バス停がいっぱいあって、知らない行き先ばっかり。だから停まってた一台に、これ都庁行きますかって訊いたの運転手に。なのに知らん顔してるのよ。わからないのかと思って、千葉の都庁ですって、正確に言ったの」

かれは持ちあげたカップを、落とすようにおろした。

「ケンチョーですって、どなられた」

「当り前だっ」

間髪をいれず叫ばれて、ちょっとひるんだ。しかしかれが大声をあげたので、わあ、こっち向いてくれたと勢いづく。

「さっき遇《あ》ったところね、昔、あのう六十年くらい前にも偶然遇った、同じ場所なのよ。あ、おぼえてないか」

かれは黙っている。

「長ぁいこと連絡なくて、手紙にもお返事くださらない。そしたらあそこで、きょうと同じ状況で遇ったの。夢かと思った。天にものぼる気持。あのころは戦後まもなくで、街も駅も暗いし、人もいなかった。七時すぎてたかしら。秋の末。あたし残業の帰りだったんです」

「久しぶりに見たら」

急にかれがもそもそ話しはじめた。

「ずいぶん大人っぽくなっていた。はねっかえりだったのが、地味で地道になっていて、少し安心したんだ」

声がやさしくなっている。

「きょうみたいにお茶に誘ってくれました。嬉しかったわ」

目のはしに、かれの手が見える。水のグラスの上に、五本の指をドームのようにかぶせている。肘をあげたそのポーズに見おぼえがあった。

かれをはじめて知った、舞台。幕末の青年武士は、茶碗酒にかけた手をゆっくりと引き、大刀の柄を押しさげたのだった。

「ぼくは」

言いかけ、声が嗄れて咳ばらいする。

「自分が傷つきたくない。自分を傷つける相手は許さない。そういうやつです」

「ちがいます。そんな悪党であるわけありませんっ」

憧れの王子さま、なのに。

かれはわざと自虐してみせたのに、本気で反論されて苦笑いした。

「高校の教員になると言ったら、ヤダーって叫びましたね」

「ヤダー、って、そんな乱暴な口、ききましたっけ」

おぼえてない。

「ききました。ひどかった」

「失敬なやつですねー」

自分のことなのに、心底呆れた。

「このひとは駄目だと思いました」

それは正に決定的瞬間だったはずだ。

「すぐ就職して、家に給料を入れなくてはならなかったんです。芝居じゃ無収入だし、進路は限られていた」

かの女はもう聞いていない。自分の中に入りこんでいた。

もしそう叫んだとしたら、多分大きな理由があったのだろう。

もしかすると。ああ、あれだ。

卒業まぎわ、忘れた本を取りに、演劇部の部室に行ったときだ。顧問の先生がひとり、期末試験の採点をしていた。物理で一年生をもっている。演劇部は、もや乃のクラスが三年になって、はじめてできた。顧問のなり手がなく、よそから赴任してきた中年のこの先生が押しつけられた形である。とくに芝居に興味もなさそうで、部員に好きにやらせてくれる便利な先生だった。

先生は机に向かったまま、もや乃を横目で見た。

「高田もや乃は厳重処分だって、職員室で問題になってたぞ」

本を手に部屋を出ようとして、足をとめた。

「他校の、大学のクラブ公演に、無届けで出演した。当校の生徒が、男子と共演するなど以ての外だ。厳罰に価するって」

真比呂の大学の学園祭出演のことだ。たしかに学長から校長に、正式にきた話ではない。うかつだった。しかし話をとおせば許可がおりたかどうか、疑問である。戦後まもなくの当時、就学男女が行動を共にするなど、年輩の先生にとっては、大変なことだったのである。

公演の招待チケットは先生がたに配って、何人かは観に来た。放課後など、先生や級友と、芝居の内輪話でおおいに盛りあがったものだ。戦後から間もないあの時期、先生も生徒も一丸となって、教育を模索していた。一方、管理体制もなかなかのものだったのである。

「若い先生がこぞって高田を擁護してなあ。ちょっと凄かったんだぞ。それで不問にふされたんだ。よかったなあ」

先生は井戸端会議でもするように、しかし威厳を保ったしかめっ面で話してくれる。

「先生も、弁護してくださったんですねっ」

「あ、ぼく？　ええと」

とたんに先生は、あいまいににやにや笑いをしはじめ、口をつぐんでしまった。中年の先生には家庭があり、守るものが多すぎたのだ。

高3にそのあたりはわからない。肴にして高みの見物する先生。あー、いやらしい。マヒロさまがそんな薄汚い世界に。ヤダーッ。となったのである。あとさき考えずに言ってしまうところがいかにもかの女だ。

気がつくと、かれの話がつづいていた。

「だから、野放図で、元気、というより」

わずかに体を動かした。もや乃を指す動作だ。

「男子みたいに乱暴な口のききかただし、クラス内の隠語をつかって言いたい放題、その上あまりにも常識に無知で、粗暴な」

「凶暴です」

とっさにかぶせた。いつもはトロいが、ときに突然テンポが速くなる。わが身が情けなく、猛烈に自分を笑いとばしたくなったのだ。かれは少し笑った。

「そういう相手からは引いちゃう。うちの家族とは絶対合うわけないし。連絡とる気にならなかった。だらだらつづくだけってのも厭だし」

「腐れ縁は嫌いなんだ」

もうふざけるしかない。

「あいかわらず言うなあ」

軽いやりとりに、かれの口もほぐれてくる。

「仕事、はじめたばかりではりきっていた。あのころの教育現場は、情熱をそそぐだけのものがあった。時間も忘れるくらい。高田さんなんて考えにのぼらなかった。もうすんだことだし。手紙がくると、ああって程度」

「つまり疎遠になった」

「うん」

いくらなんでも正直すぎると思ったか、ひとつ咳ばらいした。

「駅で、あの階段、あそこで昔も偶然出くわして、あのあとぼく電話したでしょう会社に」

「半年以上たってましたけど」

「勝手だけど、会いたい気持になった。待ちあわせでいつもの場所に立っていると、ぼくを見つけたとたん、駈けよってきたでしょ。全身でよろこびをあらわして。これがねえ。人生でぼくを必要としているひとがいる、いつも待っててくれているって、思いだしたんだ」

待って、待ちつづけて、あたし変になりそうだったのに。

「会ってみると、干渉してこないし、うるさくない。さっぱりしている」

うるさくするほど気がまわらないだけだ。

「なんかなあ、女性じゃない別の生きものってかんじ」

お、それいいな、と思うかの女も、だいぶ変わっている。

「前は見た目も野暮ったくて、どたばたして乱暴だった。それが垢ぬけて、立居ふるまいもまともになっている。ことばづかいも尋常だ。へえ、ミュータントも人並になるんだ」

「ミュータントって？」

「遺伝子が突然変異した個体。早い話が新種か化けもの」

真比呂もまあ言いにくいことをずばずば言う。

「これならいいか、ヤダーッも出ないだろうし、ときどき会って話をするぶんには。年に一回か二回」

「同窓会じゃないのに」

「生身の人間みたいじゃないから、実感わかないんだよ。でも気がついたんだ。女の人には旬の時期があるらしいこと。高田さんも例外じゃないと」

「食べごろ？」

「そう」

どういう展開だ。しかしふたりとも当り前の会話の風情。以前からこうだったようだ。

「そう。だから親に紹介しておこうと思った。弟や妹にもどうだって、見せびらかせるし。うち来ない？　て言ったんだ。清水の舞台からとびおりる気だった」

「そうでした。おぼえています」

「来なかった」

あっ。

突っ伏したくなった。またしくじっていた。戻らぬチャンスをのがしていた。

あのときは、来たー、ついに来たっ、と溜息が出るほど嬉しかったのに、あまりの嬉しさに尻込みしてしまった。

おかあさまにお目にかかる。かれのワイシャツをいつもまっ白にしていらっしゃるかた。洗濯機などまだ各家庭にない時代である。

未来の姑。

こわい。

かの女には、面倒な宿題を先送りする癖がある。怠惰のせいだが、世間並の礼儀も常識もなかった。確かにミュータントだったのだが、それよりなにより、肝腎のかれとのあいだに、前哨戦ともいうべき、想いをこめてみつめたり、だきあったり、キスしたりの行為がまるでなかったのも原因であろう。結婚して、ともに人生をつくるということがわからなかったのである。

そんなかの女のうやむやな態度を、かれは黙ってやりすごした。

「いったい来る気があるのか、なんて催促できないよ。芝居なら役で何でも言っちゃうけど、ナマじゃね。まあ申込みもまだだから、来にくいか、そう考えて、もういっぺんチャレンジしようと、お宅に行ったとき」

「一年後でした」

「結婚します、の爆弾宣言だもん。そういう相手がいたから、来なかったんだ。まったく三枚目だよ」

「前からじゃないんです。急なことで。その爆弾宣言は、ほんと死ぬ気でやったの。黙っていたら、森川さんに失礼だから」

真比呂は聞いていない。

「まいった。ぼくに失望したんだと思った。そりゃこっちは条件わるいよ。安月給だし、長男だし、頑固な親はいるし。その親とは当然同居させられるわけだし」

夫になる相手はもっと条件がわるかった。失業者だった。

「傷つくのを避けているうち、一番手ひどい形で傷ついてしまった。こういうときの三枚目は引っこむしかないでしょう」

「すぐお帰りになった。駅まで送ろうとしたら、来るなって。とてもキツイ声で。そうだよなあと思ったけど、わざと遠まわりして送った。ずーっと黙ってて、黙ったまんま電車に乗って。戦争前からの古い車両だった。吹きっさらしの乗務員室から、一段高い扉つきの客室に入るやつ。そこにふりかえりもせず、人ごみにもぐりこんで、それきり。あのころの玉電、路面電車だったから、あたし電車が見えなくなるまで、線路に立っていたんだけど。電車ったら、ゴトゴトお尻ふって、容赦なく行っちゃって」

電車といえば、まだある。何年かあとの新宿駅のホーム、十三、十四番線。当時は五、六番線といったが、同じホームだ。山手線内回りに乗るつもりで歩いていると、なにか視線を感じる。停車中の下り総武線、進行方向右側のシートから、首をまわしてこちらを見ているかれが目に入った。かの女が気づいたとみるや、かれはすっと顔をもどす。音たてて扉が閉まった。電車が動き出す。凝視して、速足で追うかの女。追いつかない。かれはかたくなに正面を向いたままだ。捕まえられない。手をのばす。電車をつかまえて。止めて。早く。ああ。

電車はたちまちスピードを増し、最後尾を見せて視界から消えた。

かれは、去った。

「許してくださらなかったんだ」

六十年もたって、やっとわかった。

かれの言う「自分を傷つけた相手は許さない」は、このことだった。

森川真比呂は高田もや乃を消去したのだ。

もや乃は、心中激しく身悶えした。

隣で、かれが渋い顔で呟く。

「そのときは多分、妻の実家にはじめて挨拶にいくところだったのでは」

妻。かれに〈妻〉。考えもしなかった。なんだか裏切られたおもい。

かの女だって、そのときは夫の子を出産したばかりだったくせに。

その日は魔法瓶をデパートに買いにいった帰りだった。保温ポットが出はじめたころで、粉ミルクを溶くのに、片手だけで操作できる新製品は近所の店にはなかったのである。戦中戦後の栄養不良で、母乳の出がわるかった。四カ月ほど、悪戦苦闘したあげくのことだった。

それにしても、かの女がおぼえているのは当然として、真比呂もまたよく記憶している。そこに気づいてもいいのに、大切なことを、かの女はぼんやりと、やりすごす。

ふたりは長いこと黙って坐っていた。

「良い子でいなさいって」

もや乃がいきなり口をきった。

なにかがかの女の中ではじけていた。消去された、ふつうなら絶望のあまり死にたくなるはずだが、かの女はちがった。消去されたのなら、もうこわいものはない、となる口。肚をくくったわけでもなく、ただ気持がほぐれてきた。真比呂はほんとうに大切なひとだから、こころの内をあきらかに伝えたくなったのである。正確に言えるかどうかわからないが、それが自分の務めだと。

「女の子はお行儀よく淑やかに。そう育てられて」

「反抗した」

即座に反応するかれ。かれのこのスピードと軽みが好きだ。素直にうなずいた。

「不良になりたかったの。夜中じゅう起きているとか」

実にばかばかしい話だ。かれも白けたらしい。知らん顔している。

「夫は無頼の徒。無法者を気どる不逞の輩。充分にワルでしょう」

嘘ではないが、正しくもない。真比呂がちっとも自分のほうを向いてくれない、無理して結ばれても大事にしてもらえそうもない。それならば、と猛烈アタックしてきた夫の攻めに屈し軍門にくだった、というべきか。早い話が強引なのにやられたかたちである。夫が天涯孤独の身だったのも追風になった。姑、のリスクはさける気もある。ミュータントもけっこう計算だかい。

「それなら、理想の相手ですね」

真比呂は面倒くさくなったらしい。

「高田さんがとくに選んだくらいだ。実は、エリートなんでしょ」

なげやりに、お世辞。

もや乃は仕方なく笑った。

マヒロさんもそうくるか。世俗にまみれた分類で。

「学歴ないし、貧乏。上品とか高潔なんて無縁で、おまけに失業者、ときたら、できすぎじゃない？　あまりに知らない世界で、なんか面白そうって。住んだアパートがまたボロで、アングラ舞台の装置の書割みたいだったの。ねっ、ちょっと住みたくなるでしょ」

「ならないっ」

「そうかあ」

かの女もさすがに笑った。

「あたしのお給料があるから、やっていけると思ったの。でも勤続五年そこその女の給料なんて、お小遣いで消えちゃう額よ。それで、ふたりで住んで食べたの。お金をどうやりくりするか、パズルみたいだった。ミステリアスで面白くて、わくわくしちゃった。赤貧洗うが如しって、自慢したくらいよ」

かれは、男が女の給料を当てにして求婚した、と解釈した。許し難い行為、と思う反面、その手もあったか、という気も。いや冗談じゃないのだ。

「つまり、貢がされた」

「ううん。あたしも食べたもの。共存共栄」

これには呆れて、冷やかし半分。

「ご主人、高田さんで成功でしたね」

「うん」

もや乃はことばどおりに受けとる。

「夫もやがて勤めたんです。でも困ったことに、会社をすぐ辞めちゃうのよ。上の人にかならず逆らうから。誘われて市民団体の組織に入って、ここは死ぬまでつづいて、よかったんだけど、ここもね同じような考えの人ばかりなのに、もう喧嘩の連続。出版部で怒鳴りつづけて、校正とか校閲にまわされて、ここがうるさく文句いうやつの性《しょう》に合ったのね。頼りにされるようになって。正しくて重要な内容だから怒鳴るんだって、誰にもわかる。それでもねえ、いくらわかったって、人前で口汚く罵られる方の身になるとね」

「怒鳴るのは、社会にどうしようもない憤りがあるからでしょう。それ、よくわかりますよ」

真比呂は静かに言った。戦後の同時代を生きた者同士である。世の中はおれたちが変革しようと闘った世代。とにかく熱いのである。

「わかってくださる?」

現金なもので、もや乃はたちまちうきうきした声になった。

「あいつ、両親を早く亡くして、小さいときからひとりでやってきたから。荒っぽい土地がらで、とにかく喚いて、負けん気で切りぬけるっきゃなかったらしいの」

調子がついてきた。

「原油をね、港からパイプラインで住宅地を通すことになって、各自治会あげて反対運動がおきたの。能力も使いようということで狩りだされて、これが舌鋒するどく叩きつけるじゃない、住民なんかおとなしいから、楽勝だとナメてやってきた役人が、腰ぬかして泣き出しちゃったの。仲間からは、団体交渉のテクニックがちがう、さすがだ、なんておだてられて、当人反権力を貫いた、闘いは成功だ、威張ってたけど。がんばったって結局パイプは通っちゃったんだから、なに貫いたんだか。ばかみたい」

真比呂が思いついたように、口をはさんだ。

「高田さん、会社はそのころ、まだ?」

「いいえ、辞めました。いくら貧乏が面白くても、あまりにも劣悪な住居や環境だと体がついていけなくて。都会の子はひ弱なのね。思い知りました。夫が勤めはじめたのは、仕方なく」

「ああ」

長い長い溜息。もや乃はかまわずつづける。

「権力にマメに立ち向かうのはいいんだけれど、歯がたたないとなると、手近なところにぶつけるの、もっぱらあたしに。やられるこっちはたまらないわよ。精神が破壊されそうだもの。今ならさしずめ、モラル・ハラスメントね。思い出すのもいやだわ」

これまで誰にも、親にもきょうだいにも訴えたことのない夫の行状が、はじめて、ほとばしるように出てきた。

「高田さんが愚痴を言うなんて。前は人の悪口とか、噂話だってしたことなかったでしょう」

かれは、かの女が夫の悪口を、このときはじめて言ったと知らないのだ。

しゃべりすぎたかな。みっともない。

「妻にあたって、発散してたのよ」

発散、に真比呂は大きくうなずいた。

「そう言えるの、高田さんのいいところだな」

「なにがよ。こっちだって、負けてないわ。暴れるもん」

「暴れる、殴るとか？」

あなたならやりそうだ、と言いたそうな口ぶり。

「ううん。投げる方。お茶碗なんかを。あたし、癇癪玉がいったん破裂、爆発すると、ゴジラみたいに暴れちゃうんだ。ビルだって壊しちゃう。ヤロー、コノー、叩っ殺してやるうって」

思わず立ちあがって叫んだ。

店内がしーんとなった。

「おう！」

真比呂がギリシャ劇の舞台さながらの声をあげて、拍手。もや乃も、つばの広い帽子をとって大きくふりまわし、それを胸にあてるしぐさで礼をかえす。

いったん静まりかえった店内も、なんだ芝居の稽古かと、妙な納得をしたらしい。平常にもどった。

「ビル壊せないから、ゴジラになれないから、もの投げるんだ。お茶碗なんか。いいのじゃないやつ。安ものばかりね。相手に当てないのよ。狙い定めてはずす。ま、威嚇射撃かな」

「それはよかった」

なにがよかった、だか。

しかしもや乃は、真比呂の援護に、勢いづいた。

「衣装だんすの扉に、お茶碗がくいこんだ痕がいくつもあって。これじゃとてもマヒロさんのお嫁さんには、なれません」

「マヒロ」と「オヨメサン」に、真比呂が身じろぎしたので、ハッと気がつく。ついいい気になって口がすべってしまった。「マヒロ」は六十年間そう胸の内でよびかけてきた。今さら変えられない。聞き逃してもらうしかない。でも「オヨメサン」は。——えい、ことばの綾だ。

マヒロさんのお嫁さんになれない。

それだよ。

六十年前、恋するかれの家を訪ねる最大のチャンスを逃したわけ。それはこの暴れ癖だ。

かの女は夫と同類なのだ。そもそもの破局となった「教員なんかヤダー」もここからきている。この荒ぶれた狂気を、かれの両親に見透かされるのをおそれたのだ。それでおこる舅姑との確執を避けた。なによりも大切なマヒロに、この修羅の如き醜い本性を見せるわけにはいかなかった。

「うちは両親とも厳格で、家族は家長に仕えろというような家風。昔気質なんです」

そこ。怖れていたところ。

結局、すれちがう運命だった。

夫とは、このすれちがいがなかった。できそこない同士、はじめからカチッとはまったのである。

寒村に生まれた夫は、学業を捨てて志願兵にさせられ、敗戦後は軍籍の過去を問われて職を失い、やっと公職につけば組合活動したとレッド・パージにあっていた。これでは国家権力に抵抗するほかないだろう。

もや乃は幼いときから大人が嫌いだった。ものおもいにふけりたいのに、居丈高に追いたてて、戦争にまきこむ大人。大人なんて、人間じゃない。年をとって、自分が充分大人になってもまだ、大人、世間は敵なのだった。

そして夫は最後まで老成せず、青くさいまま死んだ。

似たもの夫婦というべきだろう。甘いわけではなく、双方つねに世間と戦闘状態だったのである。

「夫との生活は、世の中への闘いだったの。夫に対してもそう。食事中も平和でなく。あ、ときどき朝ごはんは寝ててサボったけど」

「寝てた。病気？」

「昨夜《ゆうべ》の今朝って、あのう、腰ぬけの妻うつくしき炬燵かな。与謝蕪村、だっけ」

あまりのめちゃくちゃに、真比呂、しばし、間《ま》。憮然。

「蕪村の句、そういう意味とは。知らなかった」

「まちがいかもしれない。自己流の解釈で」

「……やるなあ」

「ゆるせ」

なにやっているんだ。

「ここで、あえて言っちゃうわね。えーと、あたしの想いがレコード盤だとしたら、まず夫の曲の溝があるでしょ、同じ面、裏じゃなくて、夫の溝にそってマヒロさんの溝があるって、ずっと意識していた。これ、いい気なもんかしら。でもね、夫とのくらしがどんなに辛くても、なにかの拍子に針がマヒロさんの溝にずれればいい、とは考えなかったの。ここがまた不思議なところ。ただマヒロさんの溝がすぐ横にあるの、救いだったわ。それが外部との熾烈な闘いや、夫のガミガミにもひるまず立ちむかえたんだ、と思う。やだ。こんな話、重たいよね。ごめん」

軽く謝った。

「いいんだよ」

かれもあっさり応じる。

「もっと早くそう話してくれていたらよかったのに」

「どの面さげて言えますか。こっちから離れちゃったのにさー」

わざと蓮っ葉に言った。口に出してみると、今さらながらおのれの行為、離れてしまった重大さにたじろぐ。

「連絡しなかったの、自分への戒律、だったと思います」

ちょっと体を伸ばした。

「あたしにとって、夫は間男。ほんとうの夫はマヒロさんだったのです」

しばらく間があった。

「ぼくは間男の方をやりたかったなあ」

「言える」

はじめて顔を見あわせて笑った。

かれの笑顔を美しいと思う。皺の中の目鼻が穏やかで、柔らかい。

カフェカーテンの隙間からわずかに入る光がかげってきた。暗くなりはじめたようだ。

喫茶室の外のレジスターで、真比呂は昔のようにごく自然に支払いをした。

「ご馳走さまでした」

昔と同じようにもや乃は頭をさげ、真比呂もまた同じく、小さく笑って「いいえ」、口の中でこたえる。

表に出てみると、暗いのは日が落ちたせいだけではなかった。

「怪しい雲行きだな」

「男心と秋の空」

「あ、痛いとこ衝《つ》かれた」

昔と同じ、つまらないところで調子が合う。

「こころの中に森川マヒロがいたから、堕落しないですんだ。夫と存分に暴れられたのも、夫を援けてこられたのも、それでです。でもね、想ってちゃいけないってずっと封じこめていたけど、あのね、あるときとうとう主人に、一番のひとは別にいて、実は二番手なのって、いっぺんだけ打ち明けたの」

真比呂はびくっとなった。

「そんなこと言って、大丈夫？」

「あたし夫に嘘つかないもの」

もや乃はのんびりしている。その様子に、かれも少し落ちついて、面白がってきた。

「残酷な話だなあ」

「誰に？」

「誰って、旦那さんに」

「そんなことないのよ」

もや乃は歯牙にもかけない。

「そりゃびっくりして絶句したけど。それでも現状は悪化しないわ。あのひと根はリアリストだから、現実にないものは信じないの。あたしのまわりどこ探しても、森川マヒロの痕跡ないし、実体もない。お名前だってお別れしてから、絶対口にしてない。誰にも。あたしの中では、密事《みそかごと》、って、あの、秘《ひ》め事《ごと》だから、夫にお名前言うなんてあり得ない。つまり幻でしかないのよ。またニョーボの夢想か戯言《ざれごと》か、で片づいちゃう」

「ご主人にわるくないの？」

「いいんじゃない？　途中からなら裏切りだけど、はじめからなんだから。つまり夫は、そういうあたしをのぞんで結婚したんだもん」

「いやー」

真比呂は、ちがうなー、というように首をふって、しばらく黙った。

「大物なんだ旦那さん」

「ううん。小心者よ」

もや乃、平気の平左。そういう打明け話ができる相手だから、夫として選んだのであろう。真比呂も気楽になったか、軽く言う。

「ぼくのこと、ずっと想いつづけてくれていたんだ」

「たまには忘れたけど」

これにはつい吹きだして、「だろうなあ」、すると、「だよ」ときた。

もや乃にしてみれば、憧れの君とこんなに腹を割って話せるのが、奇跡というくらい。

「頂いてあったお手紙、実家を出る前の日、式の前日に、ぜんぶ庭で燃やしたの。一番の宝ものだから、持っていちゃいけない、失礼だって。誰にって、おおいなる摂理に叛く、そんな気持」

一番大切なものを断ち切らなければ、踏み出せなかった、というのだ。

「辛かったわ。身が斬られたみたい。でもねえ、結果それで物的証拠なしの状態になって、よかったんだか、残念だったのだか。お写真もいただいてなかったし、存在の証明もないのね。でも一番手じゃないって打ち明けちゃった以上、決して夫から離れまい、世界じゅうが敵になっても夫の側にいようと決めました」

かれが突然かぶせてきた。

「肉体的にもでしょ」

さっきの蕪村の句のお返しだ。

「うん」

平然とやりすごす。

「世の中からしめだされた人間は、声あげられない人たちの代弁者として、反権力を貫きとおした。そしてあたしはそんな夫の側に立つ。これは全うできたと思うのよ」

「ご主人、感謝したでしょう」

「屁でもなかったみたい」

「でも。えらかった。高田さんだからできたんだなあ」

褒めたのか冷やかしたのか、真比呂、複雑な面持ち。

「あら、適当よ」

「適当に、全う、か」

突っこまれて、さすがにちょっと笑った。

「なのにあっちはね、女なんかの手紙、束でとっといていた。過去のもだけど、そのうち現在完了に進行形、全部。未来形まであったりして。ないか。あったり前の顔でよ。失礼しちゃう。これじゃあたし、鬼になるっきゃない」

かれはゆっくり歩きながら、呟く。

「鬼か」

「鬼だ」

反射的に受けた。

「鬼がうしろ盾になって、腕まくりしていたから、反対勢力や、女も、手を出せなかった。病院で人並に無事に死ねたんですもの、暗殺でなく」

どうも言うことが乱暴で、物騒である。

結局かの女は、夫というより同志がほしかったのだ。真比呂では上《うえ》すぎて、喧嘩もできなかっただろう。

「お子さんは?」

「独立してます。親も子も自立しているというか」

「どこもそうですね」

駅の東口に入ると、人混みをよけて沈黙がつづいた。

階段をおりる。

真比呂が口を切った。

「高田さんは、ぼくの話によく耳を傾けてくれていましたね」

「面白かったもの。舞台は稽古場とはまるでちがう予想外の展開があるとか」

かれの話は、現実でない虚構の世界に、いつももや乃をいざなってくれた。かの女は、夢を見るようにうっとりと、至福のときをすごしたのだった。

舞台では、屈折した心理の青年の役が多かったが、あるとき中年男を演じたことがある。大声を出せばそれなりに様になる役を、抑えに抑えた声でセリフをいう。それだけでその人物の油断ならない背景が推しはかられ、肉体の油臭さまで浮かびあがらせてみせるのだ。そういう役者の、かれの、語る話である。おもしろおかしい楽屋噺におわらず、生きる意味を切りとったような深さにみちていた。

「そりゃあもう、たまらなかったわ」

「いつもみつめてくれている。このひとはおれ専用、なんとなくそう思っていた。成長していくのを見るのも楽しみだった」

なのにどうしてよそに嫁《い》った、が言外にある。

もや乃にすれば、ならもう一歩踏みこんでくれていたら、である。こころか体に印《しるし》を残してくれるとか、ひとこと待っていろとか。そしたらなにがなんでも待っていただろうに。

胸のうちに湧きおこる悔しさを、ふたりとも口にしない。

もはや還らぬことだ。

ペア・ルックの十代の男女が追いぬいていく。

「おまえだけって、いってんだろっ」

あっけらかんとした大声に、ふたりとも思わず立ち止まって、男女のうしろ姿を目で追った。

「ぼくは戦争中に受けた教育から抜けだせずにきてしまった。家や仕事のために自分を封じこめるのが慣《な》らい性になって」

「あたしはばかみたいにただ待つだけ。自分からはなにも仕掛けられない。やっぱり戦争を引きずっているんだ」

かの女の近くにいたほかの男性たちは、遠慮がちながらもっと意志を明らかに出した。

ここで、もや乃はがらっと口調を変えた。

「あのね、あたしけっこうもてたのよ。申込みあまた。誘惑も多かったんだあ」

真比呂は、明確でなかったのだ。

「そりゃすいませんね」

真比呂もくだけるしかない。

そのまま改札を通ろうとしたので、もや乃は慌てた。

「ここメトロじゃないってば」

「いいんだ」

かれは予定の行動のようにカードをタッチ。

わ。送ってくれるのかしら。

もや乃のおもいこみにかまわず、真比呂は話しはじめる。

「今芝居やっているんだ。顧問だった演劇部の関係で。あのね、自慢になるけど、高校演劇コンクールで優秀校に選ばれたことあるんだよ。今やっているのは区の後援でね、シニアでアマチュアの集りだけど、演出家はバリバリの若手がきてくれた。ぼく、もうあまり動けないし。行くのは日曜だけで、きょうもその帰り」

「公演するの?」

「うん。ぼくの脚本で。優秀校に選ばれたのも、実はぼくの書いたやつ。ひところ出版されていた『ちいさい劇場』版にも載ったよ」

「お。凄い」

「今は役者の体のリズムに合わせて、当て書きでセリフ書いたり。入歯の人、サ行がうまく発音できなくて」

思い出したか、ふふっと笑った。

「ぼくだって部分入歯だから、ひとのこと言えないな。入歯の同志としては、サシスセソ抜きでセリフ作ってさ。なによりそういうひとが、役をふくらませて変わっていくようすが嬉しい。ひとの能力は無限大だよ。面白いよ」

昔、舞台の裏話をしていたときのような熱っぽい口調だった。ふっと、直観。

「戦争が出てくる?」

さきほど集中して戦争を語るかれに、深いおもいいれが見えたから。

「もちろん。タイトルは『未来の戦争』。戦争をじかに体験した者の使命だな。ゲームだったはずの戦争が実はほんものだったという。何気ないくらしの中から、不気味なやつが壊滅しにやってくる、こさせるやつがいる、巨悪が。多層的な舞台にしようと思う」

「いいなあ。地域が同じなら、あたしも参加したい」

「よそからも来てるよ」

「そう?」

遠い昔の芝居の稽古。かの女はソファから何気なく立ちあがる動作すらできなかった。

「えーと。ぼく、ここ」

立ち止まったのは、十一、十二番線ホームの階段の下。中央特快、高尾方面行きだ。

「これから妻の病院に行く」

妻。突然の現実だった。

芝居はどこかにいってしまった。

「あの。どこか、お悪いの？」

「うちの階段で転んで、脊髄損傷で、動くのも口きくこともできなくなっている」

もや乃は、声が出せなくなった。

「意識はあるんだ。でも寝たきりだし、うちでは無理だから。入院してもう一年になるなあ。毎日行ってるんだよ。日曜は稽古で遅くなるけど」

人が群をなして通る。立っている肩にぶつかりそうだ。ふたりはどちらからともなく、⑫と数字が明るく浮き出た壁によりかかった。自然と向きあう形になる。

「ぼくは」

ちょっと言いよどんだ。

「妻には辛いおもいをさせたから」

また少し黙った。それからひとつ咳ばらいした。

「妻はできたひとで、ぼくの両親をさいごまで実によく看取ってくれた」

うへえ。

もや乃はそこから逃げたのだった。

「入歯洗ったり、下《しも》の世話もなんでもなくやって、医者なんかはほんとうの娘だと見ていた。ぼくは入り婿だろうって言われたよ。もともとていねいで礼儀正しいし、だからぼく、安心してすっかり任せていた。当り前のこととして」

「うん、うん」

相槌《あいづち》が咽喉にはりつく。

「でも喜んでやってたわけじゃない、相当無理していたって」

ここで息をついた。

「両親があいついで死んで、ぼくすっかり解放されてさ、部活のあと演劇部員をよく連れて帰ったんだ。授業や部活で生徒と本気でぶつかりあって、ずいぶん刺戟受けたし、若い感覚もいっぱいもらった。だからうちで食事しながら論をたたかわせたんだ。生徒もぼくも勉強になったなあ。でも妻にしてみれば、やっと苦しいおつとめがすんで、さあこれからってときにこれだから。言われてみれば連中、柄《がら》でかいし汗臭いし、よく食うしね。出費もかさんで、妻はそのときは、口にも顔にも出さなかったけれど、厭で厭でたまらなかったらしい。家も自分に便利なように新築したかったって。ぼくが管理職になろうとしなかったのも不満だったんだろう。でもさ、どんどん右傾化する上層部なんか、願い下げだよ。ストレスで死んじゃう。芝居にも関われなくなっちゃう」

そういう形の貫きかたもあったんだ。応援するな。

「あたしも、それっ」

言いかけるのにかぶせて、かれがつづける。

「妻にはそのあたりがどうにも理解できなかったらしい」

先に言われて、マヒロさんの生き方よくわかる、賛成、と口にできなくなった。

「ぼく、伴侶って自分の延長で同じ考えだと思っていた。だから妻の不満にまるで気がつかなかった。我慢、我慢の連続だなんて、あとで言われるまでまるきり」

夫と同じだね。男ってどうしてこうなんだろう。妻なんか屁とも思ってない。

ふとひらめいた。そういう夫だったら、妻は舅姑につくすことでしか存在価値を見いだせなかったにちがいない。これは「わかる」のことばを呑みこんだもや乃の、意識せぬ自己主張である。マヒロの妻に比べて、あたしはちがう、という意味の。

「外で仕事して遅くなるのはかまわない、黙って待っているって。理解しているつもりだって」

「確かに、あたしたちの世代は、そうよね。今の若い妻とはちがう」

もや乃はわが身を思って、うなずく。そこへ、

「高田さんの手紙を見られて、ね」

いきなり名前が出た。慌てた。

「と、とっくに捨ててあったのでは」

「それがやたら内容が面白いんだもの。一話完結でさ」

冗談めかしたが、すぐ改める。

「といってもたいしたことが書いてあるわけじゃなし。ユニークというか、エキセントリックで、ひとことでいえば、変なだけ。でも妻は、行間から何かを察したらしい。盗み見したのを恥じたのか、咎めないから、気がつかなかった。口に出さないまま何十年も溜めこんでいたんだろうな。ほかの女の人のもあって、そっちは内容が露骨で、処分した方がよかったのもあったのに、なぜか高田さんだけにこだわる。そういうもんかなあ。高田さんのって、文面だって、性別不明なんだよ。なにも要求してない、透明なかんじというのが、気になるのかもしれない。不気味なのかな。それに相手の」

もや乃を指した。

「消息がつかめない。ぼくも知らない。相手が見えないと、怨みのもっていきようがないところに」

ちょっと息をついた。

「怪我で動けなくなって。爆発、した。抑えに抑えた上だから、怒涛の激しさだ」

これには相槌もうてない。

「気持が逆巻くと、良き妻の仮面かなぐり捨てて、こころが露《あらわ》になるんだろう。生《なま》の叫びが出る。もともと冗談にものってこない真面目なほうだから、逃げ場がなかったみたい。それはかなしいくらい哀れだよ。だからぼくは、妻の人間としての尊厳を大事にしたいんだ。よくできた、優等生の、融通のきかない女性を妻に選んだのは、ぼく自身。ぼくは、その狂いようによりそっていかなくちゃ、と思う。両親にしてくれた分のせめて何分の一かでも。ぼくがずっとやってきた、人間を大切にすること、それを実行していたために妻は今病んでいる。この矛盾。これにぼくは真っ向立ち向かわなければ、と思う。逃げていたら解決しない。でもさ、ぶつけられるこっちは大変だよ。いくらこれが、妻の精神には当然の現象だとわかっていてもね、どうキレイゴト言ったって。実は、逃げたい」

溜息をついた。

「病院にいくのが少しでも遅れると、発作がおこる。動けなくて、口きけない分、荒れ狂って、瘧《おこり》のようにふるえている。おれへの憎悪が凝り固まって、この世のものじゃない形相で。地獄だよ。こっちにも我慢の限界があるからね、頬っぺた張りとばしちゃうんだ。こうなると、自分でもなにするか、もう」

内容のわりに、かれの語り口は涼しげで、いやなかんじはない。昔、芝居の世界を楽しそうに話していた、あのころのようだ。今は脚本を書いている、それが救いであろう。

ああ、そうか。もや乃は気がついた。マヒロは、外側から自身と妻を視ている。

かの女のこころがすうっと、恋の当事者から客観的立場に変わった。

これから病院に行けば、いつもの日曜日より大幅に遅れて着くはず。かれの妻に生える棘も牙もいっそう鋭くなろう。目に見えるようだ。それをなだめるには。

「ね、抱きしめてあげて」

「うむ。やってる」

かれがしているのは、暴れる妻を押えこむことだろう。

「しっかり抱いて、愛してるって言ってあげて。世界でいちばん愛しているって」

「あっそれ、言ったことない」

「そのことば、きっと待ち焦がれているから。頬ずりして、撫でてあげて」

夫の最期を看取った数週間、かの女はそういう日日を送った。夫は幼児のように身をまかせ、眠りにおちるように死んでいった。

「あのう、おしめかえるとき」

おしめ、してるよね。

かれは耳を傾けている。

「ていねいに、きれいに洗ってあげて。手で、やさしく、やさしくね。ふたりだけの秘密の世界でしょ。ほかの誰にもできないことよ」

不思議なことに、話していても灼けるような嫉妬はわかないのだった。

だって、マヒロさんと、してないもん。どれほど気持が高揚しても、頭の中だけ。おののくほどの妖しさに、体じゅうが包まれるという体験はなかった。だから。

これって、ヒューマニズム？　やだ。笑っちゃうよ。

打ち明けて、かれは少し気が楽になったらしい。

「しがみついて慟哭する日もある。妻の孤独が、肌をとおして伝わってくるほど」

絆は強いと、すぐ理解できた。なんだよ絆かよ、抗いながらも、喜ばしいように思えるのが不思議だ。

「ぼくだけが頼りなんだ。あっちの親ももういないし、子どもは当てにならない。だから、ぼくは妻を守る。その覚悟だ」

口調をゆるめた。

「ひとにはこんな話、しないんだ。恥ずかしいし、妻の尊厳を傷つけたくない。でも、もや乃ちゃんには、話せた。なんかおれ、開放された気分。窓が開いたみたいだよ」

もや乃ちゃん、だって。かつて一度だけそう呼ばれたことがあった。黄金時代に。

しばらく声が出なかった。

「早く、行かなくちゃ、ね」

こころと裏腹に、しぼり出す。

「うん」

かれは壁に手をかけて、よりかかっていた体をおこした。指がドームのように軽く壁にふれ、かの女はすっぽりとかれの腕の囲いの中に。

想いをこめたかれの深い瞳があった。みるみるぼやけてきた。

かれは断ちきるように、

「……じゃ」

声がかすれた。

「……（また）」もや乃の声は口の中。

ひとつうなずいて、かれはたちまち階段の雑踏にもぐった。

ごきげんよう。

手にも肩にもふれてこなかった。六十年前の日日のように。

十三番線のホームに上がると、十二番線からかれが見ていた。驚くほどこわい顔で、大きく口をあけ、喧騒の中、なにか叫ぼうとした。

そこへ右から、十二番線下り中央特別快速が、停車寸前の減速で、静かにしかし強引に割りこんできて、かれの姿を覆った。とたん。

風を巻きおこしながら、もや乃の前に各駅停車千葉行きが、左から突入してきた。

お別れだ。涙がこみあげる。

乗って、急いで十二番線よりの扉のそばに。

かれの姿がない。驚いて快速の車内を見直す。やはり、いない。いったい、どこへ。

千葉行きはもう発車してしまう。と、振りかえったとき、十三番線のホームを、かれがよろけながら走ってくるのが見えた。走るより、這っているようだ。ぜいぜいと肩で息をし、声も出ず、ほとんど膝をついて、もや乃の方を見た。

ハッとする。尻もちをつきそうになって扉に駈けよると、目の前で音たてて激しく扉が閉まった。

膝をついた真比呂のおそろしいほど鋭い目。

マヒロは妻を棄てる気だ。もや乃ははっきり悟って、慄えた。

すぐ足もとがかすかに揺れて、動き出す。

扉のガラスに顔を斜めに押しつける。だんだん遠ざかる、かれ。あっという間に視界からはずれた。

かれが、あたしを求めにきた、六十年もたって。遅すぎる。でもあたしだって六十年間、こころをよせつづけていたのだ。

今こそ、かれが対等になった。

よし。次の代々木から引き返そう。ついに想いがかなう。恋の成就。待ちに待った日。

早くこい、代々木。

電車は新宿駅の長い駅舎の中を、ゆっくりと進む。見えているたくさんの線路が視界から消えれば、すぐ代々木駅の四番線ホームに滑りこむのだ。

さあもう減速しはじめる。

しかしどういうことだ、電車はあきらかに加速してきた。

えっ、これ各駅停車じゃない？　まちがえて、快速東京行きに乗っちゃった？

いや確かに十三番線だ。下り中央快速の隣のホームだもの。

電車はますます速度を増してゆく。走る、走る。

異常事態。

事故だ。

次の瞬間、大きな衝撃がくる。投げだされる。

もや乃は震える手で、傍のポールを死にもの狂いでつかんだ。両腕でしがみついた。扉のガラスも危ないが、もう遅い。観念して、目をつぶった。

しかし揺れもせず、電車は走っていた。速度がさらに増していくのが、足もとから伝わってくる。

そっと目を開けた。これがふつうであるはずがない。

急いであたりを見まわした。誰もが不安顔でいるだろう。きょろきょろする。腰を浮かす。動揺が走る。叫び声をあげる。阿鼻叫喚。となるはずが。

みな穏やかに坐っているのだった。柔らかく笑みを浮かべ、話すでなく哄笑するでなく、ましで手にしたスマートフォンの画面に見入るなど皆無である。若い人もいるのに、なんと不思議な光景だろう。よく見れば、ほとんどが半睡の状態である。座席はあちこちに空きがあり、ゆったりとして、ただ静か。こころ安らぐ風景だ

電車は休みなく走りつづけている。あまりにも早く走るので、外の景色がとらえられない。

突然、車内が明るくなった。

窓が輝いている。駅の照明とはちがう、太陽燦燦といった輝きである。陽はとっくに落ちているのに。

太陽の終末、ビッグ・バンかなあ。一瞬、呑気に考え、身ぶるいした。あり得ない。地球が存在しているではないか。

光はますます強くなる。

ん?

もしかして、あたし、死んだ？　まさか。

いやいや、ビッグ・バンよりずっと現実的。きっとそうなんだ。

電車は走りつづける。

あの世への特別快速として。

こういう終末なら、悪くない。

中央総武線各駅停車。見せてくれるじゃないか。

あ。マヒロさんがこれに乗れないでよかった。

先ほどのときめきはどこへやら、今は気持がとてもなだらかである。

もしかしたら、マヒロさん、ひとことありがとうって言いにきただけかも。よくできたひとなのに、なんか男女のことでは態度が適切でなくて。ほんと、不器用なんだから。

……あなたこそあたしのさいごの、こいびと……

先ほど喫茶店に流れていたアダモのシャンソンが浮かんだ。こいびと？　あたし、マヒロさんに恋していたのかしら。お友達の気分だったのでは。

あっ、そうか、死んで実体がないから、マヒロさん、触れてこなかったんだ。さわりようないもんね。以前、若いころだってさわったことなかったけど。あ、やだ。

あれ。死んだの、いつ？　なんで？

そんなこと、どうでもいいか。

なにより、マヒロさんに逢えたんだ。すばらしい終幕。嘘でも、幻でもいい。

やっと本音で話ができたもの。そして話してみると、なんかね、妖しいうしろめたさがないのよ。てことは所詮、結ばれる相手ではなかったのかも。永遠の恋、成就せず。――

もや乃は近くの空いた席に向かう。

両脇の人は笑みをたたえ、かの女の会釈にこたえて、腰をずらした。

電車にはもう、わずかな揺れも騒音もない。

静寂。

なにもなくなる。

＊『夢の中に君がいる』
作詞・作曲　Salvator Adamo
日本語訳　岩谷時子

あとがき

ここに載せた三篇は、わたくしの生きてきた流れの中から出たものです。生きかたはかくせません、登場するのは、人の世の本舞台からはずれた人物ばかりとなりました。

まず三篇を、どういう順にしたら自然に読んでもらえるだろうかと考えました。結果はこの順番。はからずも書いた年代順です。まあ、組んだのが作者当人ですので、自分のリズムにそったわけで、当然かもしれません。

最初の『コンニチハ日本共和国』は、夫が死んで二年後一九九〇年の作。

福島泰樹さん主幹の短歌の季刊誌〈月光〉7号に発表しました。福島さんは東京下谷にある法昌寺のお住職で、かの短歌絶叫コンサートで勇名を馳せていらっしゃるかたです。

このかたは、夫の木村三山が死んですぐ、三山を主人公にした短歌集『無頼の墓』（一九八九年　筑摩書房）を出版してくださったのです。短歌二百首近く、「反骨の志を継がん！」と、壮大にうたったご本になりました。

刊行の前に泰樹さんが、歌手の友川カズキさんとわが家にいらっしゃいました。夫の写真にお経をあげてくださって、さてお酒、そこで出版の話が出たのですが、こちらも報告がありました。群馬県立近代美術館に三山作品を寄贈した件です。ふたりとも自分ががんばったという気なので、電話や手紙でなく、面とむかって言いたかったのです、どや顔で。

それから夜まで飲んだり食べたりしゃべったりの連続、なにしろ話題にことかきません、三山をもっぱら肴にして、おおいに盛りあがったのでした。帰りぎわになって泰樹さん、突然のおことば。

「〈月光〉で三山特集をやろう。なんか書きなよ」

「はいっ」

即答するわたくし。ありがたいお話。チャンス。でも。

なに書こう？

夫のことは書く材料、いっぱいあるのです。するとそばから友川カズキさんが、

「ほれ美ヅツ館に作品おさめた話、どうスか」

お国訛りのアクセントで助け舟を出してくれて、決まり。実に的を射た助言でした。訛りがなんとも温かくて、よかった。胸にひびきました。

それにしても、一日じゅう三人で、出版と美術館の話をしていたのに、妻のわたくしが

思いつかないとはなにごとでありましょう。

なんとか書きあげて、次はタイトルで四苦八苦していたら、見かねた泰樹さん。

「個展で三山がつけた題、そのまんま使っちゃえ」

それだっ。

さすが歌人。おかげで適切な表題でおさまりました。なんて、世話のやけるやつだ。

この年、一九八九年は昭和から平成にあらたまった年。文中、即位して間もない今上天皇が、明仁天皇として話題にのぼっています。日本国憲法第九十九条にからめてです。

ちょっと引用します。

「第九十九条　天皇又は摂政及び国務大臣、国会議員、裁判官その他の公務員は、この憲法を尊重し擁護する義務を負ふ。」

そして、憲法の前文。

「（略）主権が国民に存することを宣言し、この憲法を確定する。（略）」

大臣や議員、公務員が憲法を遵守していないのを、国民はいやってほど目にしています。

お偉いかたがたはどうやら憲法がお嫌いらしい。

それにひきかえ両陛下は、心身を削って護ってきました。平成が終ろうしている今、驚きと尊敬の念をもって記しておきます。

さて、夫の木村三山が他界したのは一九八八年。三十年がたちました。

はじめの十数年間、わたくしはなぜ、夫をむざむざと死なせてしまったのか、助ける方法がまだあったのではないか、ずっと悩んでおりました。病名を告知しなかったことも、かれを裏切ったようでいやでした。かれは自分がどういう状態なのか理解できないまま、体の急激な衰えにおののきながら、界《さかい》を越えてしまったのです。さぞ無念だったでしょう。

いっぺん総括しなければわたくしの気持がおさまらない。そこで書いたのが、『遊びのエピローグ』です。これは〈新日本文学〉651号（二〇〇四年9・10月合併号）で、小説部門文学賞の佳作になりました。夫の死への道のりにからめて、三山の作品制作の過程を入れたのは、今は亡き針生一郎さんのアドバイスによってです。この作業はたのしくて、面白かった。夫がどんどん作中人物、木山三郎になっていきました。

発表してしばらくすると、それまで頭の上にかぶさっていた重圧が取れ、にわかに軽くなったのに気がつきました。夫の呪縛《じゅばく》が解けたのでしょうか。とにかく楽になったのです。

で、『メルヘン』が誕生しました。

この中の女主人公は、作者つまりわたくしと同い年にしましたからよいとして、問題は相手役の男性です。四歳くらい年上に決めたので、さあ大変。あの年代は戦争をもろに受けて、学制が一年ごとに変わっていたみたい。それを忠実に実施していたか、部分的にこなしていたのか、各校や地域によってもあいまいで、おまけに戦局に敗けが混んでくればまた変わったり、いったいどういう背景になるのかさっぱりわかりません。あのころの首都圏の状況は、「敵機百数十機御前崎から帝都にむかい北上しつつあり」が日常で、「空一面B29で覆われて」「雨あられと降る焼夷弾」、帝都は焼きつくされていた、学校どころじゃなかったのです。

そこでお願いしたのが、夫の古い友人の矢代和夫さん。都立大学でずっと日本文学の古典を研究していたかたです。登場人物と同年輩だからすぐにわかるかと思いきや、そうは簡単にいかなくて、和夫さんは、いろいろな文献をていねいに調べて、何回も報せてくれました。煩雑な内容でさぞ大変だったことでしょう。

でもせっかくの資料も正確に活かせたかどうか、力たらずのわたくしゆえ、不安です。なにしろ人物の動くまま、強引にやっちゃいましたので。

そうこうするうち年月がたって、といってもたいしてたったわけでもないのに、なぜか体力がなくなって、力が入らなくなりました。いつのまにかどうやら八十路《やそじ》の半ばを超えていたらしいのです。なんたること。このあたしが、年をとったとは。

ぐずぐずしていたところに、ジャーン、あらわれましたのが高校時代の友人、緒方邦子。

つまりギョッコです。

美人で目の大きいギョッコは文才があり、統率力もあって、長いことダイヤモンド社のPRセンターで編集の仕事をしていました。退職したあと書痙《しょけい》になったと連絡があり、手が震えて手紙は無理なので、久しぶりに会うことになりました。それぞれの人生で、修羅場を歩んできたふたりゆえ、口に出さなくても通じるものがたくさんありました。

それでもそういう経歴の持主です。顔をあわせたとたん、

「イイスケ、書いてる?」

宣《のたま》うのです。イイスケとは、旧姓飯田のわたくしのこと。

不意うちくらって、こっちはヘドモド、

「ええとなんと申しますか、こいつが、エー」

とかなんとか。

テキは容赦しません。会うたび電話のたび、「イイスケ、書いてる?」です。

なんたって長年の職歴、身についた威厳と迫力もさりながら、培《つちか》ってきた確かな目は尋

常でない、それがわかるから、責められても実のところ、嬉しいよ。くたびれただの、年とった、なんて戯言《ざれごと》はおいといて、やろう、という気になりました。

本の計画はこうしてできました。が、わたくしがこころを決める前に、ギョッコは自宅で転んで、体が動かなくなり、日ならずして還らぬひととなったのです。

亡くなる前、何度か電話で話をしました。もう自分では受話器を持てず、妹さんの手を借りてでしょう。

一週間前、さいごの電話。声は呂律《ろれつ》があやしくなっていましたが、内容はしっかりと、変わらぬ迫力のまま。

「イイスケ、書いてる?」

その声は、わたくしの中で生きつづけています。

この『あとがき』には、書くとき直接かかわったかたがただけをあげました。ほんとうは、もっとたくさんのかたのお力を間接的にいただいて、この本をつくることができたのです。

ありがとうございました。

二〇一八年　十一月

木村　幸

【著者略歴】

木村 幸（きむら さち）

1931年　東京生まれ

戦時中都立高女入学、戦後都立高校で卒業。会社勤務。文化学院夜間美術科入学、卒業せず戯曲座へ。やがて退座。挫折、脱落ばかりながら、学んだこと得たものは、〈木村幸〉の原点になっている。2011年『メリー・ウィドウ』自費出版（岩波出版サービスセンター）

舞台裏の熱演

2019年 8 月 11 日　初版発行

著　者　　木村 幸

発行・発売　創英社／三省堂書店

〒101-0051　東京都千代田区神田神保町 1-1

Tel 03-3291-2295　Fax 03-3292-7687

印刷・製本　シナノ書籍印刷

ISBN 978-4-86659-076-9　C0093